COLLANA

FANTASY & FANTASCIENZA

1

Revisione del testo a cura di

Lorena Caccamo
sito: servizieditorialiloreca.wordpress.com
email: loreservizieditoriali@gmail.com

© 2019 Il Terebinto Edizioni
Sede legale: via degli Imbimbo 8/E
83100 Avellino
tel. 340/6862179
e-mail: terebinto.edizioni@gmail.com

MARCO GARINEI

L'OCCHIO DI MOBIUS

TEREBINTO
EDIZIONI

INDICE

PARTE I

L'evocazione

1.

Tracce

La squadra dovette farsi strada attraverso la lussureggiante vegetazione tenendo i destrieri per le briglie. Il bosco attorno a loro era umido a causa della pioggia della notte precedente; il fiato dei cinque e dei loro cavalli si condensava nel freddo dell'inverno appena cominciato. Il capitano della scorta e i suoi due uomini procedevano in testa, seguiva un giovane vestito nella stessa foggia e la donna chiudeva la fila.

Il terreno bagnato del sottobosco era sgradevole e scivoloso sotto gli stivali, l'aria gelida li colpiva come una frusta di ghiaccio e ciò cui davano la caccia poteva essere ovunque. In quel momento poteva persino trovarsi appostato nei dintorni, osservandoli in attesa del momento propizio per farli a pezzi. La donna rabbrividì a quel pensiero, rafforzando la presa sul suo bastone e sulle redini mentre avanzava. Se non fosse stato per il verso di qualche sporadico uccello, si sarebbe detto che si trovassero in un luogo privo di vita.

In ogni caso, non c'era alcun dubbio: il posto era quello, la perturbazione magica non mentiva, e ora che erano così vicini la maga poteva avvertirla senza neppure doversi concentrare. D'altronde, quando si usava un

Incantesimo Proibito era difficile passare inosservati: erano così potenti che era come gettare un masso in un lago del tutto placido, producendo enormi increspature.

– Ci siamo – avvertì il capitano, riscuotendola dai suoi pensieri.

I cinque assicurarono i cavalli a dei rami bassi, poi gli uomini sguainarono le spade e fecero strada. Il gruppo sbucò in un'ampia radura e la prima cosa che la donna notò furono i resti. Non sarebbe stato corretto definirli cadaveri, perché qualcosa li aveva smembrati e resi irriconoscibili. Il sangue era sbiadito e diluito a causa della pioggia ma ciò non rendeva la scena meno raccapricciante. La maga distolse lo sguardo, notando che anche gli uomini della scorta avevano difficoltà a guardare.

Il giovane avanzò da solo tra i pezzi dei corpi, osservando ogni cosa con meticolosa attenzione, poi chiese, come per fare semplice conversazione: – Questa è la prima volta che hai a che fare con un Primordiale, Skandir?

La donna si voltò a guardare l'espressione del capitano accanto a lei: non sembrava spaventato ma di certo era disgustato e forse anche a disagio.

– Temo di sì, Maestro Lazard.

La maga reagì con una smorfia: non sapeva se la nauseasse di più la scena di quel massacro o il sentir un uomo fatto rivolgersi con tanto rispetto a un moccioso che avrebbe potuto essere suo figlio.

"L'etichetta" pensò con un moto d'irritazione, prima di tornare a concentrarsi sulle tracce della loro preda.

Il giovane continuò a studiare il terreno, i resti degli evocatori e qualunque altra indicazione utile, mentre la donna focalizzava l'attenzione sulla magia residua nell'area. Chiuse gli occhi e sollevò una mano, concentrandosi. Si sentì come se avesse ricevuto una scarica elettrica attraverso le dita e gemette, ritirando la mano all'istante e aprendo gli occhi. Per lunghi istanti rimase paralizzata, poi si accorse che Lazard si era voltato a guardarla.

– Tutto bene?

Lei si ricompose in fretta e rispose: – Sì. Sembra che abbiano usato un'invocazione piuttosto potente. – Ci pensò su un attimo, poi concluse: – Se dovessi tirare a indovinare, doveva essere di decimo livello.

Il giovane sorrise. – Niente male, Luvie. Era di undicesimo o dodicesimo. – Lazard le diede di nuovo le spalle tornando a esaminare la scena e lei dovette dominare l'impulso di scaricargli addosso una replica velenosa.

Aveva tre anni di anzianità in più di lui, eppure era lei a dovergli fare da assistente.

"Avrà anche talento, ma ci sono dei limiti", pensò.

Skandir e le sue due guardie intanto stavano analizzando il perimetro della radura alla ricerca di altri indizi utili. Fu allora che Lazard la chiamò al centro dello spiazzo e Luvie lo raggiunse.

– Facciamo il punto della situazione. – Senza attendere che lei acconsentisse, continuò: – Undici o dodici individui hanno evocato un Primordiale due notti fa, durante il novilunio. A quanto pare qualcosa è andato storto, non sono riusciti a vincolarlo ed esso li ha massacrati, poi deve essere fuggito. I resti sono troppo malridotti per poter dire con certezza se i soggetti fossero undici o dodici. Inoltre, il Primordiale potrebbe averne mangiato qualcuno.

– Che importa quanti fossero? – domandò Luvie.

– Sono morti.

Il giovane mago si strinse nelle spalle ma non rispose. Detestava quel tipo di atteggiamento, come se lei fosse troppo stupida per seguire i suoi ragionamenti.

– In ogni caso – disse Lazard – meglio non prendere sottogamba questa missione. Un Primordiale non sarà un Demone Abissale ma è comunque molto pericoloso.

Luvie sogghignò. – Perché, mi vuoi far credere che hai mai avuto a che fare con un Demone Abissale?

– Un paio d'anni fa – rispose con noncuranza lui tornando a esaminare il terreno.

L'espressione della maga si era trasformata in una maschera di incredulità.

– Mi prendi in giro?

– Puoi chiedere agli altri membri del consiglio il mio rapporto, se credi – rispose il giovane senza prestarle troppa attenzione.

Luvie non poteva crederci: un Demone Abissale. Persino i maghi più anziani ne parlavano con timore reverenziale... e questo sbarbatello ne aveva distrutto uno? Dovette chiederne conferma.

– Fammi capire bene, la tua missione era di *localizzare* un Demone Abissale?

L'altro sospirò, come alla ricerca della pazienza per rispondere.

– No, dovevo spazzarlo via, per usare le testuali parole del Sommo Incantatore. Non se ne è parlato perché era un incarico delicato all'epoca, perciò non ne era a conoscenza nessuno al di fuori del consiglio. Ora possiamo concentrarci sulla missione?

Luvie scosse la testa come per togliersi il pensiero di mente ma non era facile e sospettava sarebbe tornata a rimuginarci sopra, quando si fossero accampati per la notte. Ad ogni modo, Lazard aveva ragione: avevano cose più importanti a cui pensare e il Primordiale poteva essere ancora nei paraggi.

Skandir li chiamò all'improvviso e poco dopo i cinque erano riuniti al confine nord della radura, dove vi erano evidenti segni del passaggio di qualcosa di grosso. Grosso e arrabbiato, a giudicare dalle tracce. I rami più bassi di alcuni alberi giacevano a terra tranciati di netto come se, per farsi strada, un giardiniere sovrumano li avesse tagliati via con un colpo solo delle sue affilate e gigantesche cesoie. Non v'era dubbio che gli artigli del Primordiale fossero capaci di una cosa simile. Per fortuna le fronde degli alberi avevano protetto il sottobosco dalla pioggia, così il capitano aveva rinvenuto delle grosse orme calcate a fondo nel terreno. Zampe allungate ma larghe, che terminavano con tre artigli.

– Pare che abbiamo trovato il nostro amico – osservò Skandir. – Sarà meglio usare la massima cautela.

Tornarono indietro per recuperare i cavalli e raggiunsero di nuovo le orme, mettendosi in cammino attraverso il bosco verso nord. Non impiegarono molto prima di uscire dalla boscaglia e, quando si ritrovarono sotto il cielo azzurro del pomeriggio, si resero conto che le tracce terminavano lì, in direzione di una catena montuosa poco distante. Non c'erano altri nascondigli nei pressi, perciò il Primordiale non poteva che essere andato da quella parte.

– Sembra che ci aspetti una caccia all'orso – disse il capitano.

– Che vuoi dire? – domandò Luvie.

– Quella creatura sarà andata a rintanarsi in qualche grotta sulle montagne, bisognerà stanarla.

– Il problema è che non si tratta di un orso – intervenne Lazard. – Infilarsi nel territorio di un Primordiale può essere molto più pericoloso, specie se è in fuga e di cattivo umore.

– Allora cosa dovremmo fare, lasciarlo andare? – chiese la maga stizzita.

– Voglio capire dove si nasconde, come sfruttare l'ambiente a nostro vantaggio e studiare la situazione, prima di lanciarmi alla cieca. Muoviamoci.

Così dicendo, attese che Skandir e le guardie si rimettessero in testa, prima di seguirle.

– Si può sapere perché quel travestimento? – domandò Luvie affiancandosi al giovane mentre procedevano al trotto.

– Semplice precauzione. Quando la Confederazione Arcana manda qualcuno, la gente si aspetta sempre che i pezzi grossi siano maghi, così passo inosservato e riesco a carpire informazioni con maggiore facilità.

– E io mi faccio ammazzare al posto tuo – rise la donna con una punta di sarcasmo.

Stavolta però Lazard la sorprese, voltandosi a guardarla con estrema serietà.

– Non dire assurdità, non lo permetterei mai.

Luvie provò disagio a quell'improvvisa dimostrazione di attenzione e distolse lo sguardo senza aggiungere altro. Il giovane castano però la stava ancora guardando.

– Beh, che c'è?

– Se ti senti davvero in pericolo, sono disposto ad assumere il controllo della spedizione in modo ufficiale.

– C'è qualche motivo particolare per quest'improvvisa considerazione? È la nostra prima missione insieme. Luvie cominciava ad avere la spiacevole sensazione che Lazard avesse un interesse verso di lei che andava oltre i loro doveri. Quello che lui disse dopo però fugò ogni dubbio.

– Pensavo solo che la paura genera irrazionalità e ho bisogno che tutti lavorino al meglio, inoltre le vite dei membri della squadra sono una mia responsabilità.

– Sto bene così, grazie – ribatté la donna.

– Bene.

La maga non credeva che qualcuno di così giovane potesse avere una maturità del genere: aveva creduto che il più inesperto membro del consiglio della Confederazione Arcana fosse solo un ragazzino prodigio, privo di senso pratico e incapace di prendersi delle responsabilità, ma si era sbagliata. Ora cominciava a capire come mai secondo molte voci di corridoio, in futuro, sarebbe potuto succedere al Sommo Incantatore. Nella storia della Confederazione non c'era mai stato un membro del consiglio così giovane, anzi, non ce n'era mai stato uno giovane e basta. Eppure non riusciva comunque ad accettare la sua posizione. Era solo invidiosa, come una ragazzina immatura? Luvie si strinse nelle spalle mentre cavalcava e si costrinse a concentrarsi sulla missione, osservando le cime aguzze dei monti che si facevano sempre più vicine.

***

Giunsero nei pressi delle pendici montuose all'imbrunire e, nonostante i capi di vestiario fossero adatti, l'aria gelida che spirava giù dai monti faceva rabbrividire Luvie. La consolava il fatto di non essere l'unica a patire il freddo. Quando aveva obiettato che non sarebbe stato prudente accendere un fuoco, Lazard le aveva fatto notare che: punto primo, erano loro i predatori e non le prede. Punto secondo, con tutta probabilità, da dove il Primordiale si trovava, non poteva vedere il fumo e anche se lo avesse visto non poteva sapere che si trattasse di qualcuno che era sulle sue tracce. La donna detestava il modo in cui il compagno sembrava sempre un passo avanti a lei ma ingoiò il rospo, perché in ogni caso era contenta di potersi scaldare.

Consumarono pane raffermo e una zuppa calda che, nonostante la povertà degli ingredienti, la maga trovò ottima, forse a causa del freddo o perché le ricordava la cucina di sua madre. Per fortuna, la voce di Skandir attirò la sua attenzione prima che potesse deprimersi pensando al passato.

– Secondo la cartina dovrebbe esserci un villaggio tra questi monti, potremmo sfruttarlo come base per l'investigazione.

– Il villaggio di Brask – commentò a mezza voce Lazard. – Sì, è la scelta più logica. Tuttavia, dovrò chiedervi di rivolgervi a me per nome, come se fossi un membro della scorta. Sono stato chiaro, capitano?

– Capisco Mae... Lazard.

– Molto bene. – Si rivolse alla maga. – Tu agirai al mio posto, ci consulteremo solo lontano da occhi e orecchie indiscrete. Cercherò di mantenere la mia copertura ma se dovesse andarne della vita di qualcuno, non esiterò a intervenire di persona.

– D'accordo.

– Se posso chiedere – intervenne Skandir – perché tutta questa segretezza? Gli abitanti di Brask potrebbero essere una fonte di informazioni e aiutarci.

Lazard gli rivolse un sorriso sghembo. – Pensi sia un caso che l'evocazione sia avvenuta a così breve distanza da quel villaggio?

Le pupille di Luvie si dilatarono. – Vuoi dire che sono implicati? Quando l'hai capito?

Il sorriso del mago scomparve. – Ho cominciato a sospettarlo fin da prima della partenza ma non ne avevo le prove.

– E ora le abbiamo? – domandò il capitano, con gli occhi che brillavano riflettendo le fiamme del falò.

– Non ancora ma le avremo appena arriveremo lì, ne sono certo.

La stima di Luvie nei confronti di Lazard era aumentata di nuovo e, di conseguenza, anche la sua invidia, non poteva evitarlo: sembrava che per lei fossero due facce della stessa medaglia. Ma c'era qualcosa di più importante che doveva sapere, e per questo valeva la pena mettere da parte il proprio orgoglio.

– Posso chiederti qualcosa che non riguarda la missione? – Lazard stava riattizzando il fuoco, mentre Skandir e i suoi erano più in là che decidevano i turni di guardia per la notte.

– Riguardo al Demone Abissale?

– Era così chiaro?

– Tutti nel consiglio volevano conoscere fino all'ultimo dettaglio, anche dopo aver letto il rapporto. Erano come bambini curiosi. – Il giovane rise. – Non posso biasimarti e se servirà a farti concentrare sulla missione, chiedi pure.

– Tutto quello che impariamo dai libri... corrisponde a verità?

Lazard si voltò a guardarla. – Più o meno. C'era solo un piccolo particolare che non menzionavano e mi è quasi costato la vita.

Luvie si sporse in avanti come una bambina che ascolta i racconti di caccia di suo padre.

Dopo una breve pausa, il giovane continuò: – Possiedono un incantesimo che ho battezzato "Caduta nell'Abisso". Nelle prossime edizioni dei volumi della Confederazione comparirà a beneficio dei posteri. Se riescono ad afferrarti e nessuno ti soccorre in tempo... è finita. Puoi essere anche il mago più potente della storia, o il guerriero più forte, ma non puoi sfuggire.

Gli occhi di Lazard si erano ridotti a due fessure.

– Quando il suo respiro ti invade le narici, in qualche modo deve risucchiare la tua vita, o forse l'anima. È questione di pochi istanti, poi cadi morto.

– Come hai fatto a salvarti? – fu l'inevitabile domanda che seguì.

– Il demone aveva afferrato una delle guardie della mia scorta, pover'uomo. È solo per questo che sono ancora qui. È stato uno scontro come nessun altro, te l'assicuro. – Lo sguardo del mago si spostò, perdendosi nel guizzare delle fiamme. – Quella è stata l'unica volta in cui ho creduto davvero di poter morire. Luvie accolse la confessione col silenzio: non c'era molto che potesse aggiungere. Credeva di cominciare a intravedere la vera natura della persona che molti sembravano temere, invidiare e disprezzare: era sempre posato, distaccato e orientato agli obiettivi, parlava poco di sé e si sobbarcava le responsabilità più grandi senza lamentarsi.

– Devo farti le mie scuse.

Il mago si voltò a guardarla, interdetto.

– Ho sempre avuto una bassa opinione di te, perché preferivo credere alle malelingue della Confederazione. – Luvie chinò la testa. – Perdonami.

Pronunciare quelle parole le era costato fino all'ultima briciola di volontà.

Lazard rise. – Smettila, così mi metti in imbarazzo. E poi non sei l'unica. – La sua espressione tornò seria. – C'è una buona dose di meritocrazia tra i maghi, con l'eccezione della carica più importante, pare. Anche all'interno del consiglio c'è chi preferirebbe vedermi morto, piuttosto che sullo scranno di Sommo Incantatore.

La maga era stupita da quell'improvvisa affermazione: non poteva dire che fosse davvero sorprendente, tuttavia non poteva che restare scioccata dalla consapevolezza che all'interno della Confederazione ci potesse essere qualcuno disposto ad arrivare a tanto.

Lazard dovette leggerle i pensieri sul viso, perché disse: – Non offenderti, Luvie, ma a volte sei un po' troppo ingenua.

Lei si strinse nelle spalle. – Può darsi. E tu? Lo vuoi quello scranno?

– Non m'interessa granché.

Nel frattempo, Skandir aveva montato il primo turno di guardia e gli altri due soldati si erano ritirati per la notte.

– Come mai? – domandò la donna.

– Mi piace la magia, mi piace quello che faccio e voglio diventare sempre più bravo nel farlo. Perché devo per forza avere dei secondi fini?

– Adesso sembri tu quello ingenuo – rise lei.

– Può darsi – replicò lui con l'ombra di un sorriso, imitando la sua risposta di prima. – Beh, sarà meglio riposare – affermò poi – avremo tutto il tempo per le chiacchiere sulla via del ritorno.

I due si scambiarono la buonanotte e si ritirarono nei sacchi a pelo ma Luvie vagò a lungo con la mente su quell'ultima conversazione, prima di trovare la pace nell'oblio del sonno.

2.

Brask

La mappa della regione che avevano portato con loro evitò alla compagnia di perdersi e si rivelò uno strumento di inestimabile valore per localizzare il villaggio. Per fortuna l'insediamento non si trovava a una grande altitudine, così avevano impiegato solo alcune ore a trovarlo.Avevano avanzato su per sentieri scoscesi, percorso stretti canaloni e attraversato due gole, prima di raggiungerlo. Durante il tragitto avevano intravisto qualche lucertola e pochi altri, piccoli animali, come se quelli più grandi fossero fuggiti o si stessero nascondendo. L'intera montagna sembrava deserta.

Superata la seconda gola si ritrovarono in un grande spazio nel quale sorgeva l'insediamento: le pareti rocciose delle montagne, lì, si incontravano a grande altezza come per scambiarsi un timido bacio, precludendo alla vista parte del cielo e proteggendo gli abitanti dalle intemperie come un tetto naturale. C'era un altro sentiero che portava fuori da Brask sul lato opposto dello spazio, mentre alcune grotte naturali costellavano le pareti dei monti che circondavano lo spiazzo. Gli edifici erano in solido legno, con tutta probabilità abete rosso, anche se Lazard non era un esperto in materia. I comignoli e le canne fumarie invece erano in pietra, e costruirli doveva aver richiesto molta più fatica. In tutto, l'agglomerato non superava i trenta edifici, tra i quali spiccava persino un luogo di culto dedicato ai Tre: il simbolo del tridente svettava sull'architrave della modesta costruzione.

– Molto interessante – disse il giovane. – Se la chiesa non è la prova definitiva delle mie supposizioni, ne è almeno una conferma.

Skandir chiese delucidazioni in merito.

– Spesso, tra gli oppositori della Confederazione Arcana vi sono persone molto devote all'antico culto. I vecchi dèi, il Pescatore, il Pastore e il Contadino, sembrano ispirare maggiore fiducia dei nuovi. Forse per via della loro natura più prosaica e vicina alla gente comune, o forse per il solo fatto che i maghi non li riconoscano come propri.

– Ora che ci penso, credo di aver sentito qualcosa del genere a riguardo – rispose il capitano, mentre il gruppo studiava il luogo.

Sebbene fosse quasi mezzodì non c'era anima viva, così la squadra si avviò in direzione dell'edificio più grande, che sospettavano potesse essere una locanda. Lazard si domandava se il numero di viaggiatori che attraversava quei monti potesse giustificare un ostello, quando ricordò che la zona era piuttosto nota tra i cacciatori ma che non disdegnavano di passare di là anche i mercanti, di tanto in tanto. Il pensiero dei cacciatori lo spinse a soffermarsi sulla strana e improvvisa quiete che avevano trovato al loro arrivo. Un'altra cosa a preoccuparlo era la donna bionda dietro di lui: temeva che Luvie potesse farsi distrarre dall'obiettivo. Non pensava che lei non fosse all'altezza, ma che potesse sottovalutare la minaccia o non dare il cento per cento.

Si prefisse di tenerla d'occhio durante l'indagine, per quanto possibile.

Varcata la soglia, si trovarono in un ambiente spartano al limite dell'immaginabile, come Lazard si era aspettato: quattro lunghi tavolacci di legno disposti nella sala comune, le sedie e il bancone. Una scala nell'angolo lontano portava a un ballatoio in alto sul quale si aprivano quattro porte. La luce filtrava da un'unica finestra nei pressi del banco, lasciando buona parte dell'ambiente in penombra.

I cinque raggiunsero un uomo dalla barba ispida e lo sguardo truce.

– Abbiamo solo quattro stanze – grugnì senza preamboli scoccando loro un'occhiata frettolosa, per poi tornare ad affaccendarsi in qualche oscura mansione sotto il banco.

– Confido che riusciremo ad accomodarci, buon uomo – disse Luvie conciliante.

Fu allora che lo sguardo dell'oste si posò sul bastone d'argento della donna e la sua espressione, se possibile, si fece ancora più tetra.

– Cosa vogliono i maghi qui? – chiese senza girarci intorno. – Siamo gente semplice noi, non vogliamo guai. Ci facciamo la nostra vita qui, dura, ma onesta.

Luvie gli rivolse un sorriso amichevole. – Non dovete temere, non siamo qui per gli abitanti.

Lazard sorrise tra sé: piccola bugia, ottima esecuzione. Forse la sua preoccupazione sull'efficienza della compagna era ingiustificata, dopotutto.

– Stiamo cercando una creatura molto pericolosa, abbiamo motivo di credere che si sia nascosta su questi monti – intervenne Skandir.

Lazard non mancò di cogliere l'occhiata che l'uomo scoccò al capitano a quelle parole. Ecco la sua prova. Le parole successive dell'oste, opposte alla sua reazione, non fecero che confermare ciò che il mago già sapeva.

– Siete gli unici esseri viventi che noi abbiamo visto nell'ultimo mese, a parte il cervo che abbiamo cacciato la settimana scorsa. – Sbuffò.

– Non avete avuto clienti nell'ultimo mese, quindi? – chiese Skandir.

L'uomo annuì con un gesto secco, scrutando i loro volti uno a uno.

Lazard, intanto, rifletteva su una serie di particolari significativi: punto primo, l'individuo era ostile per natura, il che era comprensibile per qualcuno non avvezzo a trattare con molti stranieri, ma il suo atteggiamento era peggiorato alla vista del bastone di Luvie. Punto secondo, l'affermazione di non aver ricevuto clienti nell'ultimo mese era falsa: l'uomo aveva guardato a sinistra prima di rispondere, inoltre quelle montagne erano rinomate per essere un luogo di caccia piuttosto popolare, secondo le ricerche che aveva svolto all'Accademia; non era quindi plausibile che in un intero mese nemmeno un cacciatore o un mercante in viaggio si fosse fermato da quelle parti. Punto terzo, il quasi ossessivo ed enfatico uso del "noi" dell'uomo sottintendeva un forte senso di appartenenza alla comunità e di ostilità nei confronti di chiunque non ne facesse parte, il che era spesso un indizio della natura settaria di un piccolo agglomerato. Lazard aveva abbastanza elementi per dire con certezza che gli abitanti di Brask nascondevano un segreto o più d'uno, e che poteva non trattarsi solo del Primordiale.

– Una vita dura davvero – concordò il capitano.

– Ad ogni modo – intervenne Luvie – quanto costano le stanze?

Lo sguardo dell'oste sembrò incenerirla. – Venti monete di rame a stanza. A notte. Calcò sulle ultime due parole come se stesse schiacciando uno scarafaggio sotto il tacco dello stivale. Lazard sospettava che in un posto come quello avrebbe dovuto chiedere non più della metà, il che confermava ancora una volta il disprezzo dell'uomo, e di sicuro del resto della comunità, per i maghi. Restava da vedere se erano colpevoli di reati più o meno gravi e se erano connessi all'evocazione, cosa che il giovane intendeva scoprire al più presto.

Luvie pagò per tre notti e le monete scomparvero in un lampo nelle tasche dell'oste. Senza indugiare, il gruppo si diresse al piano superiore: i due soldati di scorta avrebbero condiviso una stanza, per ovviare al problema.

– Per il momento rilassatevi – disse Lazard rivolto al capitano e ai suoi, poi indicò a Luvie la porta della sua stanza con un lieve cenno della testa e la precedette.

La camera rifletteva la povertà della sala comune: il letto di paglia era l'unico pezzo di mobilia, e l'unica finestra era piccola e stretta. Da essa si vedeva solo la parete di roccia della montagna e lo stretto vicolo dietro la locanda.

Luvie sedette sul giaciglio e vi posò il bastone.

– Nascondono qualcosa – esordì.

Lazard, in piedi di fronte a lei, annuì, passando a illustrarle ciò che aveva notato da quando erano arrivati. Parlavano sottovoce. Quando il giovane ebbe finito, l'espressione della compagna si fece pensierosa e le chiese se avesse qualcosa in mente. Dopo qualche secondo lei alzò lo sguardo a incontrare il suo.

– Credi che l'evocazione possa non essere un atto isolato?

– Sii più precisa – la incitò Lazard con un sorrisetto, sebbene avesse già capito.

– La chiesa, l'ostilità, il presunto fanatismo, il luogo sperduto... Brask potrebbe essere diventato un avamposto del Credo.

Lazard annuì con un'espressione di ghiaccio. – Può darsi. È ancora presto per saltare alle conclusioni ma tutti gli indizi puntano in quella direzione e, in tal caso, il pericolo sarebbe ancora maggiore.

Il mago raggiunse la finestra e sbirciò fuori. Il vicolo era deserto.

– In ogni, caso non dimentichiamoci del Primordiale a piede libero, per di più non sappiamo ancora se c'è qualcuno nascosto nel villaggio in grado di vincolarlo.

– Credevo gli evocatori fossero tutti morti – osservò la donna.

Lazard si voltò a guardarla. – Forse sì, forse no. Brask potrebbe ancora nascondere la mente dietro l'evocazione. In quel caso avremmo per le mani una bella seccatura.

Luvie accavallò le gambe, a disagio. – Credi possa esserci di mezzo uno Ierofante?

Il giovane assentì e lei obiettò: – Non è una carica troppo elevata del Credo per un luogo simile?

Lazard le spedì un'occhiata significativa. – L'evocazione di un Primordiale non è un crimine da poco, richiede risorse e pianificazione tali da escludere quasi del tutto un qualunque mago fuorilegge. Non mi stupirebbe se ci fosse dietro uno Ierofante, inoltre un luogo così isolato aveva più possibilità di passare inosservato agli occhi della Confederazione, se le cose fossero andate come previsto. Ma non sono riusciti a occultare l'alterazione delle correnti di mana. Sia come sia, il piano è questo: il capitano e i suoi resteranno a Brask per tenere d'occhio gli abitanti e cercare tracce nel villaggio, mentre noi due esploreremo quelle caverne.

Era logico aspettarsi che il Primordiale si nascondesse nei pressi di chi lo controllava, ammesso che l'ipotesi dello Ierofante fosse esatta. Altrimenti, avrebbero dovuto espandere l'area di ricerca intorno al villaggio fin quando non lo avessero trovato. Si preannunciava una missione tanto pericolosa quanto estenuante.

– Così il tuo accompagnarmi come guardia del corpo sarà la scusa perfetta per permetterti di investigare in prima persona, eh? – osservò Luvie con uno scintillio di divertimento negli occhi.

– Proprio così. Sei pronta?

La maga afferrò il bastone d'argento e si alzò: esso scintillava appena alla luce proveniente dalla finestra, le rune scolpite con l'acido correvano lungo tutta la superficie. Guardò Lazard con aria interrogativa.

– Capisco il travestimento ma non ho ancora visto il tuo bastone.

Il mago sorrise, ricordando con nostalgia lo scettro di legno da apprendista che aveva tenuto per appena sei mesi e quello d'argento, che lo aveva accompagnato negli anni successivi.

– Non mi servirà. – Diede una pacca al fodero della spada che portava alla cintura.

Luvie sembrava senza parole.

"Per meglio raggirare i nemici, bisogna prima ingannare gli amici" pensò Lazard.

– Dici sul serio?

Lui annuì.

– D'accordo, allora andiamo.

3.

Indagini

Stavolta, attraversando il villaggio, incrociarono alcuni abitanti: vestivano di cuoio e pelliccia di lupo e tutti sembravano avere un'espressione tetra come il locandiere, persino un adolescente. Agli occhi di Luvie sembravano vecchie e stanche creature che arrancavano sull'ultimo, dissestato tratto delle loro esistenze. Se anche fossero stati colpevoli di aver sostenuto il Credo, non poteva far altro che compatirli. Conosceva molto bene il sapore della povertà.

Gli abitanti in questione, nessuno escluso, li guardarono con diffidenza nel migliore dei casi, e con esplicito odio nel peggiore. I due però non se ne curarono e si diressero verso la grotta più ampia, situata vicino all'ingresso di Brask dal quale erano giunti poco prima.

Luvie ripensò al giovane che avevano appena incrociato, poi alle parole di Lazard, che aveva solo una manciata d'anni in più di lui: "Capitano, se non dovessimo tornare entro il tramonto, sei autorizzato a epurare il villaggio e a fare rapporto alla Confederazione". Il suo tono era stato fermo, gelido, e per un momento in esso la maga aveva avvertito la voce del comando. Una voce da Sommo Incantatore. E se ci fossero stati dei bambini nel villaggio? Non ne avevano ancora visti, ma in quel caso... avrebbero davvero punito con la morte degli innocenti oltre ai colpevoli? Non credeva avrebbe potuto sopportare una cosa del genere. Mentre avanzava verso l'imbocco della caverna, Luvie sperò che non si dovesse giungere a tanto.

Raggiunto l'ingresso i due si fermarono per qualche momento ad ascoltare, ma dall'interno non proveniva alcun segno di movimento o di vita. Luvie levò il bastone e sussurrò una breve formula arcana, le rune s'illuminarono di bianco dal basso verso l'alto e un globo di luce fluttuante comparve circa un metro sopra lo scettro. Lazard prese il comando, col chiarore che illuminava una manciata di metri davanti a lui. Non sguainò neppure la spada: era un eccesso di fiducia in se stesso, oppure non la sapeva davvero usare? La tensione di Luvie aumentava, ma si costrinse a seguirlo senza dare voce alla sua inquietudine.

Il passaggio era abbastanza ampio perché anche il Primordiale potesse attraversarlo, sebbene forse avrebbe dovuto chinare un poco la testa: la loro altezza in genere oscillava tra i due metri e venti e i due e trenta. Non possedevano poteri magici di sorta, ma un singolo cavaliere ben addestrato o persino tre potevano morire in un battito di ciglia, se non esercitavano la massima cautela. Viceversa, un mago – fintanto che manteneva la distanza di sicurezza – poteva disfarsene eliminandolo o vincolandolo. Se era già vincolato, occorreva un incantesimo di livello molto elevato di contro-vincolo, che doveva superare il livello della magia precedente.

Mentre avanzava a breve distanza da Lazard, Luvie ripassava a mente ciò che aveva studiato sui Primordiali: il nome derivava dalla loro origine antica, che risaliva ai tempi dei primi uomini. Erano creature sventurate che i primi, sconsiderati maghi dell'epoca avevano generato con i loro esperimenti magici: ancora incapaci di controllarli, li avevano poi segregati in una dimensione parallela per poter continuare a studiarli. Col tempo il loro numero era aumentato troppo per poterli eliminare tutti e non morivano di vecchiaia, così quella dimensione era divenuta sempre più affollata e instabile. Col passare del tempo – dopo l'istituzione della Confederazione Arcana – i maghi dissidenti avevano fondato il Credo, che si opponeva alle restrizioni imposte alle arti magiche e rigettava i nuovi dei. Così – tra il Credo e altri piccoli gruppi di maghi indipendenti – le evocazioni di Primordiali e di altre creature provenienti dal Piano Astrale erano aumentate in modo esponenziale. Pur essendo frutto della magia, il Primordiale non aveva modo di contrastare gli incantesimi, tuttavia Luvie sapeva che la sua possanza e la sua rapidità erano altrettanto letali e i suoi artigli potevano squarciarla in due in pochi istanti. Avrebbe potuto morire ancor prima di riuscire a formulare un incantesimo. Per tenere a bada la paura, strinse il bastone con tanta forza che le nocche sbiancarono.

Non poteva permettersi debolezze proprio in quel momento: si trattava del primo incarico davvero importante che riceveva e sarebbe stato fondamentale per la sua carriera.

Osservando la schiena di Lazard si chiese se la mancanza di riconoscimenti pubblici nei suoi confronti fosse imputabile all'invidia e all'anzianità – fisica e di servizio – degli altri membri del consiglio. Aveva sconfitto un Demone Abissale, eppure non se n'era fatta parola neppure in seguito. Disperse quei pensieri con uno sforzo di volontà e tornò a concentrarsi sull'oscuro passaggio, con i sensi all'erta, ma sembrava che nulla di vivo si aggirasse sotto la montagna.

– Sembra una perdita di tempo – commentò a mezza voce.

Lazard non le rispose, continuando ad avanzare imperterrito. Il cunicolo si era ristretto e di nuovo allargato diverse volte, quando giunsero a un crocevia e il mago continuò dritto: gli altri due passaggi erano molto più angusti e un Primordiale avrebbe faticato non poco a imboccarli. Avanzarono ancora a lungo senza alcun cambiamento apparente, tanto che Luvie cominciava ad avere l'impressione di camminare sul posto, vittima di un qualche incantesimo di classe illusoria. Per un momento l'improbabile idea le occupò la mente ma poi la scartò dicendosi che tutte le grotte del mondo dovevano risultare poco interessanti e somigliarsi tra loro.

Fu allora che cominciarono ad avvertire un vago tanfo di putrefazione e morte e Luvie tornò a stringere con forza lo scettro, all'erta. Come per riflesso, Lazard invece si spostò sulla sinistra vicino alla parete, sguainando la spada e al contempo lasciando alla maga campo libero per lanciare i suoi incantesimi. Non ci fu bisogno di raccomandarsi cautela a vicenda. Man mano che avanzavano l'odore si faceva più penetrante e Luvie iniziò ad avere la pelle d'oca: cominciava a sospettare che Brask nascondesse segreti ben più oscuri di un legame col Credo, e non era più tanto certa di volerli scoprire ma si costrinse a proseguire.

Procedettero ancora per diversi minuti, finché si ritrovarono in un nuovo ambiente: un'area ellittica, sul cui lato opposto il cunicolo proseguiva. Lì la puzza era ancora più forte e, guardando a terra, Luvie capì perché. L'orrore improvviso le fece accapponare la pelle mentre la luce magica illuminava i resti di decine di persone. C'erano scheletri interi e altri a cui mancava qualche osso, ma erano di certo tutti umani. Un paio di loro aveva ancora della carne in decomposizione attaccata allo scheletro, piena di larve. Luvie dovette reprimere un conato.

– Sembra che abbiamo trovato quel che rimane degli ultimi visitatori di Brask – osservò Lazard dandole le spalle e inginocchiandosi a esaminare i resti più vicini. – Di sicuro non li hanno uccisi solo per derubarli, anche se lo hanno di certo fatto. I fanatici del Credo sono noti per essere paranoici e devono aver cominciato a vedere gli estranei come un pericolo per se stessi.

– Non credo nasconderebbero il Primordiale nello stesso posto – dichiarò Luvie.

– Forse no. Procediamo solo un altro po', voglio tornare presto alla locanda.

– Pensi che potrebbero assalire il capitano?

– Potrebbero – disse Lazard alzandosi. – Non possiamo azzardare previsioni con dei fanatici. Andiamo.

Attraversarono l'ambiente e s'inoltrarono nel cunicolo successivo. Dopo un po' il passaggio voltò a sinistra e si restrinse tanto da far concludere ai due che non poteva nascondere la loro preda, così tornarono sui loro passi. Giunti di nuovo all'altezza della svolta, Lazard rivolse a Luvie un cenno senza voltarsi e s'arrestò. Rimasero in silenzio tendendo l'orecchio, la maga stava perfino trattenendo il respiro. Distante, appena percettibile, un rumore proveniva da davanti a loro. Lazard le fece cenno di riprendere ad avanzare e proseguirono con maggior lentezza, sempre con l'orecchio teso, voltando a destra e continuando con cautela. Il suono si fece un po' più distinto e Luvie giudicò che dovesse trattarsi di molti scricchiolii e sfregamenti.

Lazard si voltò. – Lancia un incantesimo di classe divina sulla mia spada e tieniti pronta.

La donna annuì: ora non c'erano più dubbi sulla natura del suono, né su quella dell'individuo che li ostacolava.

"Solo un mago del Credo userebbe le Arti Proibite, come la negromanzia" pensò Luvie, concentrandosi poi sull'incantesimo. Alcuni istanti dopo la lama di Lazard s'illuminò di un bianco così sfolgorante da risultare accecante e nasconderne alla vista la superficie. Tra la spada e il globo sospeso, la luce ora era sufficiente per rischiarare diversi metri davanti a loro, così ripresero ad avanzare in direzione della sala.

Quando la raggiunsero, trovarono come si aspettavano una moltitudine di scheletri ad attenderli. I non morti si avventarono su di loro prima ancora che raggiungessero l'imbocco della stanza e Luvie imprecò, avendo Lazard sulla linea di tiro.

"Si mette male" pensò mentre il giovane combatteva in prima linea.

***

Quando udì le grida, Skandir trasalì, ma da quel momento il soldato dentro di lui prese il controllo della situazione. Sguainò la spada e si diresse in fretta in direzione del frastuono, purtuttavia senza rinunciare alla cautela: si trovava in territorio ostile senza possibilità di ricevere rinforzi immediati. Temeva per la vita dei suoi uomini ma il rigore del suo addestramento era più forte.

Quando raggiunse l'uscita nord del villaggio, però, s'arrestò di colpo e sgranò gli occhi. Il Primordiale era una creatura terrificante: di aspetto antropomorfo, gigantesca e dotata di artigli enormi, il viso distorto in un muso orrendo e ringhiante; la testa calva e le orecchie appuntite facevano pensare a un pipistrello deforme e glabro.

Gli occhi piccoli e neri si fissarono sul nuovo arrivato, mentre la creatura stringeva in una mano la metà inferiore di Dabley, dalla quale penzolavano gocciolanti le interiora. La parte superiore era per terra a breve distanza e ancora stringeva la spada, gli occhi sbarrati in un'espressione di orrore e incredulità. Jerome era poco più in là, ridotto a brandelli e con perfino l'armatura d'acciaio scalfita dagli artigli. Era ancora vivo.

Quando vide Skandir, gli intimò con le ultime forze rimaste di fuggire. Ciò sembrò infastidire la creatura, che prima lo guardò, poi si mosse pigra verso di lui e lo schiacciò sotto la zampa artigliata. Il grido si levò per un solo istante verso il cielo plumbeo, prima di spegnersi di colpo. Skandir serrò la mascella. Era un essere terribile e sapeva di non poterlo affrontare da solo: doveva chiamare il Maestro Lazard. Diede le spalle al Primordiale, preparandosi a correre verso la grotta con tutte le sue forze, ma trovò l'intero villaggio a sbarrargli la strada. Erano tutti armati di randelli e forconi e non sembravano aver intenzione di lasciarlo passare. Se ne stavano impalati a guardarlo con lo sguardo vacuo, limitandosi a fare ostruzione e il soldato capì di non poter sfuggire al confronto. Tornò a fronteggiare l'essere e vide che aveva abbandonato i resti di Dabley e ora la sua attenzione era fissa su di lui. Skandir lasciò lo scudo e brandì la spada con entrambe le mani: parare un colpo di quel colosso era fuori discussione, avrebbe dovuto cercare di batterlo in velocità. I suoi quarant'anni non gli erano mai sembrati così rilevanti come in quel momento: aveva dalla sua l'esperienza, ma poteva davvero riuscire dove due giovani avevano fallito? Rafforzò la presa sulla spada e decise di attendere la mossa del nemico per poterlo valutare. Un approccio difensivo gli sembrava la scelta più sensata.

L'assalto giunse subitaneo come un lampo improvviso e il Primordiale si scagliò contro di lui piegandosi sulle quattro zampe. I riflessi di Skandir lo salvarono e riuscì a scansare la carica giusto in tempo. La bestia si fermò a breve distanza dagli abitanti, i quali sembravano non esserne affatto intimoriti, e si voltò a fronteggiarlo. Il capitano rivalutò la sua posizione: doveva accorciare le distanze o non sarebbe riuscito a portare a segno nemmeno un attacco. Ma ciò significava anche trovarsi a tiro degli artigli della creatura e la sua velocità era micidiale nonostante la stazza. Gocce di sudore gli imperlavano la fronte nonostante la temperatura gelida della giornata e la tensione era così alta che il capitano poteva avvertire i propri tendini tesi. Cercò di rilassarsi, come prima di un qualsiasi combattimento, ma non era facile. Prese ad avanzare verso il Primordiale con cautela ed esso non si mosse dalla sua posizione accucciata. Skandir era certo che pianificasse di saltargli addosso all'improvviso, ma quell'essere era davvero in grado di progettare qualcosa? O agiva d'istinto? In quel momento rimpianse di non aver letto di più in proposito, convinto che se ne sarebbero occupati i maghi. La negligenza poteva costare la vita e lui lo sapeva, era parte del suo addestramento; forse era il segno che stava invecchiando e tendeva a sottovalutare le minacce. Quando giunse a soli tre metri di distanza dal nemico, valutò la situazione: ancora troppo per poterlo colpire, ma appena fuori dalla portata degli artigli. Attese. L'essere non diede segno di volersi muovere per lunghi istanti, poi scattò come un uccello rapace ma il soldato se l'aspettava. Si spostò sulla sinistra nello stesso momento, vibrando una rapida stoccata che trovò il braccio destro del mostro. Il Primordiale atterrò con un grugnito qualche metro più in là e i due si voltarono all'unisono; la lama purtroppo non aveva ferito in profondità perché il colpo non era stato preciso e aveva avuto il solo effetto di far infuriare l'essere, che ruggì fissandolo con rinnovato odio. Skandir osservò distrattamente che il sangue sulla spada era proprio come quello di qualunque uomo e tale pensiero riuscì a rincuorarlo: ciò che si poteva ferire, poteva morire. Ma avrebbe dovuto giocare ogni carta a sua disposizione con la massima cautela.

Orchi, Troll, Coboldi e Goblin: aveva affrontato molte creature e molti uomini d'arme, ma quell'essere era di tutt'altro calibro; nemmeno i grandi Troll emanavano un'aria così minacciosa.

"Maestro Lazard, Luvie... fate presto, in nome degli dei" pregò Skandir, preparandosi al prossimo assalto.

***

Luvie dovette ricredersi sul compagno: i suoi movimenti risultavano fluidi e aggraziati mentre abbatteva gli scheletri con la spada, evitando le ossee mani adunche che tentavano di ghermirlo. Ben presto la maga trovò campo libero e sollevò il bastone, ma Lazard la interruppe.

– Risparmia le energie, apriti un varco e raggiungi il capitano! Questi non morti sono qui solo per farci perdere tempo, l'evocatore è altrove.

– Sei sicuro di cavartela?

– Ho eliminato un Demone Abissale oppure no? Muoviti!

Luvie recitò un incantesimo e le rune sullo scettro s'illuminarono di rosso per un istante, poi dalla cima del bastone scaturirono delle palle di fuoco, che la maga diresse verso alcuni scheletri. L'impatto li disgregò e Luvie sfruttò l'apertura per attraversare di corsa la sala. Giunta all'altra galleria si voltò a guardare, ma sembrava che Lazard fosse padrone della situazione. Ciò la rincuorò e si risolse infine a voltargli le spalle per ripartire di gran carriera in direzione dell'uscita.

Ben presto si ritrovò di nuovo sotto il cielo grigio e notò subito un gran numero di individui alla sua destra, nei pressi dell'uscita più lontana del villaggio. Decise di avviarsi in quella direzione e partì di corsa, incurante del pericolo.

Quando giunse a destinazione, l'unica cosa che poté vedere oltre il folto gruppo di persone fu il Primordiale. Sembrava stesse combattendo con qualcuno, ma da lì non poteva capire se si trattasse del capitano o di uno dei suoi.

– Spostatevi subito! – ordinò alle persone che le sbarravano il passo e si erano voltate a fronteggiarla.

Levò il bastone, pronta a colpirli, quando ricevette un forte colpo alla nuca e cadde a terra, perdendo la presa sullo scettro. La scarica di dolore fu improvvisa e per un momento non riuscì a pensare con lucidità, avvertiva un liquido caldo colarle giù per il collo e non capiva chi potesse averla aggredita. Poi la rivelazione minacciò di farla uscire dai gangheri: lo Ierofante. Li aveva battuti d'astuzia e aveva vinto.

"No" pensò mentre si metteva in piedi, "c'è ancora Lazard."

Ma cosa poteva fare senza un bastone da mago?

Alcuni uomini l'afferrarono e la immobilizzarono, mentre l'evocatore raccoglieva da terra il suo scettro, osservandolo con interesse.

L'uomo era piuttosto vecchio, sebbene non decrepito, sembrava invece fin troppo ben conservato, merito forse di qualche oscura Arte Proibita. I capelli canuti gli cadevano sulle spalle come una spolverata di neve, gli occhi verdi erano ancora luminosi e attenti, le labbra sottili atteggiate in un'espressione divertita. Nella mano libera stringeva il suo bastone, di uno strano metallo nero, la cima terminava nell'effige del tridente dei vecchi dei. L'uomo levò lo sguardo dal bastone di Luvie e lo posò su di lei.

– E dov'è l'ultimo ratto? È perito per mano dei miei servi?

La maga ignorò la domanda.

– Non la passerai liscia. Quando la Confederazione scoprirà quel che è successo, manderà un vero plotone di esecuzione!

Lo Ierofante ridacchiò. – Per quel momento saremo lontani. Non hai idea di ciò che abbiamo messo in moto, nessuno di voi stupidi accademici ce l'ha. Presto la Confederazione Arcana si disfarà come un castello di sabbia sotto le onde della marea e un nuovo ordine sorgerà, portando giustizia.

– Ma di che stai parlando? – chiese Luvie disorientata.

– Non importa, perché tu non sarai tra i vivi per testimoniare quel giorno. Ma ti concederò di osservare la morte del tuo ultimo compagno!

Esortò gli uomini a spostarsi con un gesto del bastone di Luvie e la donna poté infine vedere Skandir fronteggiare il Primordiale. Il bracciale e lo spallaccio sinistro dell'uomo erano divelti e cadevano a pezzi, e sangue colava dai tagli lunghi e irregolari. Doveva essere stata un'artigliata micidiale. Anche la creatura però era ferita in tre punti diversi ma non sembrava curarsene più di tanto.

– Capitano, resisti – sussurrò Luvie, così piano che solo lei fu in grado di sentire.

4.

Epurazione

Quando infine ebbe abbattuto l'ultimo scheletro, Lazard ripose la spada nel fodero e si avviò senza indugio verso l'uscita. Era inutile sperare di essersi sbagliato: ormai era certo che le guardie fossero nei guai – ammesso che fossero ancora vive – e anche Luvie poteva essere alle prese con lo Ierofante in persona. Doveva affrettarsi. Ben presto spuntò dalla grotta e notò il trambusto all'uscita nord di Brask ma decise di passare tra le case, avvicinandosi con estrema cautela. Quando giunse più vicino, poté notare il Primordiale combattere qualcuno che non poteva vedere, la visuale era coperta dagli abitanti. Tra loro, lo Ierofante osservava lo scontro e al suo fianco due uomini tenevano Luvie prigioniera.

"Non ci voleva."

Lazard valutò in fretta le sue opzioni: se avesse eliminato il Primordiale avrebbe perso l'effetto sorpresa, se avesse disperso la folla avrebbe guadagnato un temporaneo vantaggio dal caos generale ma non sarebbe stato sufficiente. La scelta più logica era eliminare lo Ierofante per primo e liberare Luvie, in due avrebbero poi potuto gestire sia il Primordiale che la gente.

Il giovane si trovava a una ventina di metri dallo Ierofante, dietro l'angolo di una casa. Sguainò la spada, pensando che il mago del Credo era stato furbo ma non abbastanza da sospettare che una guardia del corpo fosse in realtà un altro mago. Aveva compiuto il fatale errore di fidarsi solo degli occhi e delle orecchie dei suoi complici di Brask.

Lazard cominciò a recitare l'incantesimo, consapevole che ogni istante era prezioso. Quando ebbe quasi finito svoltò l'angolo per ottenere il contatto visivo con la vittima designata. Levò in alto la spada mentre le rune incise sulla lama s'illuminavano di viola. Lo Ierofante dovette accorgersi della perturbazione magica nell'aria, perché si voltò nella sua direzione incredulo, ma era già troppo tardi. Dei tentacoli di oscurità saettarono dalla punta della spada di Lazard, raggiungendo il mago del Credo e imprigionando con uno schiocco di frusta i suoi quattro arti. I tentacoli lo sollevarono in aria.

Lo Ierofante doveva conoscere l'incantesimo, perché si affrettò a gridare: – Ridi finché puoi, cane dell'Accademia, ma saremo noi a ridere per ultimi. Io sono solo una pedina sacrificabile. Presto la vostra tirannia finirà!

Ebbe appena il tempo di pronunciare le sue ultime parole che i tentacoli cominciarono a tirare in quattro direzioni diverse e ridussero l'uomo in pezzi. Il suo urlo agghiacciante si spezzò all'improvviso e gli abitanti di Brask rimasero per un lungo istante impalati. Lazard però stava già lanciando un altro incantesimo minore: gli abiti degli uomini che trattenevano Luvie presero fuoco e questi cominciarono ad agitarsi per spegnere le fiamme. La maga ne approfittò per recuperare il bastone a terra e si riunì al compagno.

– Mi dispiace, mi ha colpita alle spalle – si giustificò.

L'altro le rivolse un cenno d'assenso. – Ora va' e occupati del Primordiale, qui ci penso io.

Lei esitò per un momento, poi annuì e corse in direzione della creatura, ora che la folla si era sparpagliata.

Lazard si rivolse a gran voce alla gente. – Vi siete macchiati di un grave crimine quale l'associazione al Credo e avete attentato alla vita di diverse persone, inoltre avete ucciso degli ignari viaggiatori e permesso che uno Ierofante ne usasse i resti per le sue arti negromantiche. Pertanto, in nome della Confederazione Arcana, ho il dovere di condurvi all'Accademia più vicina in modo che il consiglio possa giudicarvi. – Il mago li scrutò per un momento: – Abbassate le armi e arrendetevi e non vi faremo alcun male. – Un uomo col forcone avanzò di un passo: era il locandiere.

– Noi non riconosciamo la giustizia dei maghi, soltanto quella dei nostri dei!

– Sì, ha ragione! – esclamò un altro.

– Tanto ci ucciderete comunque! – aggiunse una donna.

– Oggi noi combattiamo – concluse il locandiere.

Il giovane chiuse gli occhi con un sospiro, pronto ad adempiere per la terza volta in vita sua al suo dovere. Accettare quel genere di onere una volta, però, era già troppo per la propria anima.

– Allora non mi lasciate scelta. Che i vostri dei abbiano pietà delle vostre anime – dichiarò levando di nuovo la spada e cominciando a recitare l'incantesimo rituale dell'Epurazione.

***

Quando il Primordiale era sul punto di lanciarsi di nuovo su Skandir, l'arrivo di qualcuno alle sue spalle lo distrasse e si voltò.

– Capitano! Sei ancora intero? – chiese la maga.

– Più o meno. Ancora un po' e sarei diventato il suo pranzo.

– I tuoi uomini?

– Sparsi qui intorno – replicò lui duro.

– Mi dispiace. Da qui ci penso io, raggiungi Lazard.

L'uomo non se lo fece ripetere due volte e si avviò verso il mago, tuttavia gli abitanti di Brask sembravano convergere a loro volta nella stessa direzione.

Luvie si trovava a distanza di sicurezza dalla creatura e cominciò subito a preparare un incantesimo che fosse in grado di eliminarla con un solo colpo. Sperava soltanto di avere il tempo di portarlo a termine. Il Primordiale, però, sembrava non essere così stupido e si lanciò verso di lei. La maga aveva previsto quella mossa e si gettò su un lato, senza smettere di inanellare la formula: mantenere la concentrazione in qualunque situazione e non interrompere il flusso di mana – l'energia spirituale dell'incantatore – era ciò che distingueva i maghi dai semplici apprendisti. Si rialzò continuando a sussurrare la formula ma si rese conto che stavolta l'essere avanzava a passo pesante verso di lei. Luvie prese a indietreggiare d'istinto, finché la sua schiena non trovò una parete di roccia. Era in trappola. Nonostante l'agitazione per quella scoperta, riuscì a mantenere l'incantesimo. Mancava pochissimo ma il Primordiale era sempre più vicino. Ormai la donna aveva insonorizzato l'area circostante e stava preparando la parte finale della magia: se avesse agito con leggerezza avrebbero perso tutti l'udito.

Il cielo sopra di loro si era rannuvolato, nembi scuri si addensavano dritto sopra le loro teste e un cupo brontolio echeggiò tra i picchi dei monti. Ancora un po'. L'essere era a una dozzina di metri da lei. Otto metri. Cinque, tre. Luvie levò il bastone in alto sopra la testa e le rune lampeggiarono di blu. La creatura era a un metro da lei e aveva sollevato l'artiglio per finirla. Forse ebbe il tempo di avvertire qualcosa in arrivo ma era una velocità impossibile da eguagliare per il tempo di reazione di qualunque essere vivente.

Il fulmine calò in un lampo di luce accecante sul Primordiale, polverizzandolo nel più assoluto silenzio, essendo le onde sonore bloccate dalla magia di Luvie. Della loro preda non restava che un mucchietto di ceneri. Nell'aria ristagnava odore di etere e di bruciato. Le nuvole tornarono a diradarsi e la donna trasse un sospiro di sollievo.

**

Mentre la folla avanzava verso di lui, Lazard cominciò a sua volta a indietreggiare più in fretta che poté: se avesse usato la spada per incanalare il suo mana, non avrebbe potuto servirsene per difendersi, a meno di non interrompere l'incantesimo. Nonostante stesse mettendo distanza tra lui e la gente, loro avanzavano più in fretta e presto lo avrebbero raggiunto.

Fu allora che un lampo di luce improvviso li accecò e il mago capì subito cosa significava. Mentre recuperava la vista continuò imperterrito con la formula e ciò gli fece guadagnare tempo. Gli abitanti di Brask rimasero intontiti per alcuni, preziosi momenti, cercando di capire cosa fosse accaduto e Lazard continuò a indietreg-

45

giare. L'unico che aveva ripreso subito l'inseguimento era il locandiere, che lo fissava con uno sguardo folle. Poco dopo raggiunse il giovane e calò il forcone su di lui; il mago si riparò col braccio sinistro. Il dolore fu lancinante e per un momento Lazard temette di perdere l'incantesimo, ma resistette. L'uomo levò il forcone pronto a colpire di nuovo ma, all'improvviso, una lama gli spuntò dal petto. La sua espressione era sorpresa e perfino infastidita quando abbassò lo sguardo sul corpo estraneo, poi Skandir ritirò la spada di scatto e il locandiere crollò a terra stringendo ancora il forcone insanguinato. Il capitano e Lazard si scambiarono un silenzioso cenno della testa e il soldato si voltò a fronteggiare la folla che aveva ripreso ad avanzare. Tuttavia non ve ne fu bisogno.

Le rune incise sul piatto della spada s'illuminarono di diversi colori a intermittenza e il mago si portò al fianco di Skandir, poi puntò l'arma verso ognuno degli uomini, delle donne e dei giovani che aveva di fronte. Ogniqualvolta ne indicava uno, il marchio rovente di un teschio nero s'imprimeva sulla loro fronte come se Lazard avesse usato un attizzatoio. La loro pelle bruciava, gridavano e alcuni cadevano in ginocchio, altri si portavano le mani al volto, e man mano che gli altri assistevano alla scena tentavano la fuga nell'altra direzione oppure cercavano di raggiungere il mago. Quelli che cercavano di assalirlo erano i suoi bersagli successivi, mentre la gente che si allontanava si ritrovava la strada sbarrata da Luvie, che nel frattempo li aveva raggiunti. Lazard non si lasciò sfuggire neppure quelli che si lanciarono in altre direzioni e in breve ricevettero tutti il marchio.

Le rune non avevano ancora smesso di lampeggiare. Il giovane allora recitò un'altra breve formula e disse: – Che gli dei abbiano pietà anche della mia anima. – Dopo qualche istante, gli abitanti di Brask presero a contorcersi e urlare per il dolore mentre la loro pelle avvizziva e si decomponevano pur essendo ancora vivi. Durò non più di venti secondi. Uomini, donne e qualche giovane ricoprivano il suolo roccioso come un macabro tappeto di mummie, ciascuna delle quali recava ancora il marchio del teschio sulla fronte.

Lazard restò per lunghi istanti immobile al fianco di Skandir a osservare il suo operato, con un groppo assai amaro in gola. Ogni volta sperava fosse l'ultima ma ormai sapeva che sarebbe accaduto ancora. E ancora. Sempre più spesso, se le ultime minacce dello Ierofante corrispondevano a verità. Secondo voci di corridoio, il Credo stava tramando qualcosa da anni e poteva avere a che fare con un'antica, pericolosa reliquia del passato.

Riportò la sua attenzione sui corpi, notando che Luvie si era accostata a loro.

– Mi duole ammetterlo ma non abbiamo tempo di seppellirli – dichiarò Skandir.

– Portiamoli nella grotta – disse Lazard – almeno questo possiamo farlo.

Si occuparono delle proprie ferite, poi si misero a lavoro e finirono solo all'imbrunire.

– Non voglio passare la notte qui, se posso evitarlo – disse il soldato.

– Abbiamo ancora una cosa da fare, capitano – rispose il mago. – Controlliamo tutti gli edifici, dobbiamo essere sicuri che non sia rimasto nessuno. – Il suo tono era più freddo dell'aria tagliente che li avvolgeva.

Si divisero, procedendo con metodo, e il giovane non si aspettava davvero di trovare qualcuno, perciò quando nell'ultima casa scovò un bambino fu sorpreso. Non poteva avere più di otto anni e sembrava terrorizzato. Chiese dei suoi genitori. Lazard chiuse gli occhi e scosse la testa. Alle sue orecchie giunse il pianto disperato del ragazzino e per la prima volta provò un risentimento giustificato per se stesso, per il suo ruolo, ma ancora di più per l'istituzione che rappresentava.

– Cosa è successo? – riuscì a chiedere il bambino tra un singhiozzo e l'altro.

– Un uomo li ha uccisi ma adesso è tutto finito. – Lazard gli tese la mano, provando tanto rimorso da sentirsi più disumano di un Primordiale. – Vieni con me, sarai al sicuro.

Il bambino scosse la testa, pronto a rifugiarsi sotto il letto di paglia alle prime avvisaglie di pericolo.

Lazard fissò la sua faccia impiastricciata dal muco e dalle lacrime.

– Non è rimasto nessuno nel villaggio, non puoi restare qui da solo. Troveremo qualcuno che si occupi di te.

Il ragazzino lo fissò per qualche momento, poi guardò la spada.

– Sei un cavaliere?

Lazard sorrise. – È un travestimento.

– Allora sei un mago – concluse il piccolo e la sua espressione si oscurò.

– Ci sono maghi buoni e maghi cattivi – disse il giovane. – La gente del villaggio si è fidata di un mago cattivo.

– E tu? Sei un mago buono?

Il rimorso dentro Lazard minacciava ormai di divorarlo. – Sì. –

Allora il bambino disse qualcosa che lo sorprese come nulla era riuscito a fare in tutta la sua vita: – Voglio diventare un mago buono come te. – Lo fissò pieno di determinazione. – Aiuterò la gente e combatterò i maghi cattivi.

Lazard chiuse di nuovo gli occhi, al limite della sua sopportazione. Un giorno, quel ragazzino sarebbe stato un uomo e avrebbe meritato di conoscere la verità. Un giorno. Il mago gli porse di nuovo la mano.

– Andiamo allora, da oggi in poi sarai il mio aiutante.

– Ma io voglio essere un mago – piagnucolò lui.

– Quando compirai dodici anni potrai diventare apprendista, fino a quel momento starai con me e imparerai quel che potrai di nascosto... Affare fatto?

Il ragazzino annuì con fare compìto, poi si pulì la faccia con la manica e gli diede la mano.

– Io mi chiamo Lazard e tu?

– Salakir.

– Maestro Salakir. Suona bene – commentò il mago. – Un giorno, se lavorerai con impegno, ti chiameranno così.

Poco dopo Lazard si riunì ai compagni con il ragazzino al seguito e la loro espressione disse tutto. Lazard rivolse loro un'occhiata significativa, poi s'inginocchiò davanti al bambino.

– Devi ricordare una cosa molto importante, Salakir. Non posso spiegartelo bene ora, ma la gente deve pensare che tutti gli abitanti di Brask siano morti, perciò non dovrai mai dire che vieni da qui. Questo è molto importante o finiremo entrambi nei guai, guai molto grossi. Hai capito bene? – Salakir lo fissò con aria seria e annuì. Lazard si alzò e si rivolse di nuovo ai compagni.

– Sulla via del ritorno penseremo a una storia plausibile per il ragazzo. Ci sono obiezioni?

Lo aveva chiesto perché ciò che stavano facendo era molto grave e voleva essere certo che gli altri fossero pronti a rischiare. Conoscevano tutti le conseguenze. I due assentirono. Non ci fu bisogno di dire altro: nessuno di loro poteva uccidere quel bambino. Il solo pensiero faceva rivoltare le viscere a Lazard. Eppure non aveva esitato un istante a privare della vita tutti gli altri, a derubare Salakir della sua famiglia. Chi decideva qual era il confine tra ciò che era e ciò che non era accettabile? Gli dei? Gli uomini? Domande oziose per le quali non c'era risposta. I tre superstiti recuperarono i cavalli e Lazard mise Salakir in sella, mentre loro procedevano a piedi per maggior sicurezza: la luce degli astri era appena sufficiente per procedere.

Quando – qualche ora dopo – si accamparono sul sentiero, il ragazzino s'addormentò accanto al fuoco subito dopo cena e Lazard lo coprì con delle pelli.

I tre sedettero tra la luce del fuocherello e le profonde tenebre intorno a loro che si contendevano il mondo.

Tacquero a lungo, prima che Luvie spezzasse quell'opprimente silenzio.

– Non avrei mai immaginato che tu avessi trasformato una spada in un catalizzatore magico.

– Come ben sai, le uniche qualità necessarie per un catalizzatore sono che sia composto da un materiale metallico che conduca la corrente magica e che sia di forma allungata, ma nessun mago userebbe una volgare spada. Un altro motivo per cui alcuni stupidi boriosi mi disprezzano. Ad ogni modo scusatemi, ma la segretezza mi è diventata indispensabile per lavorare al meglio.

Luvie scosse la testa. – Se non fosse stato per le tue precauzioni saremmo tutti morti. – La maga sembrò riflettere per qualche istante. – Lo Ierofante era molto sicuro di sé. Come se sapesse qualcosa che la Confederazione non sa. Tu che ne pensi?

Lazard osservava il fuoco a braccia incrociate. – Ormai è certo che non si tratta più di voci. Stanno davvero preparando qualcosa di grosso. Dovremo parlarne col consiglio.

– E riguardo al ragazzo? – chiese Skandir.

– Lo terrò con me. Diventerà il mio apprendista.

Luvie spalancò la bocca, la richiuse, poi l'aprì di nuovo. – Non dirai sul serio?

Lazard le lanciò un'occhiata risoluta.

– È ciò che vuole. Glielo devo.

– Ma è la cosa giusta? – chiese lei.

Lazard si strinse nelle spalle e riattizzò il fuoco con un legnetto. – Il tempo ce lo dirà.

PARTE II

Il Credo

1.

Rotta verso l'ignoto

Lazard si strinse nel mantello da viaggio, in piedi sulla tolda. Una foschia vischiosa e persistente si era levata riducendo la visibilità e i marinai sembravano dare i primi segni di nervosismo, mentre il cielo, dapprima terso, appariva sempre più minaccioso. Il mago non percepiva il minimo disturbo nelle correnti magiche ma era proprio ciò che lo rendeva inquieto. Due settimane prima, a un mese dal suo ritorno da Brask, il Sommo Incantatore aveva indetto una riunione e quando vi si era recato, Lazard aveva scoperto con sorpresa che avrebbero presenziato anche Luvie e Kander. Grazie al successo dell'ultima spedizione e alla sua raccomandazione, infatti, la maga aveva ricevuto il titolo di Anziana, sebbene avesse dovuto sgobbare per almeno altri cinque anni, prima di ottenerlo. Kander era invece uno degli Anziani più stimati, nonostante fosse ancora piuttosto giovane. Lazard aveva capito subito che c'era sotto qualcosa di grosso.

Mentre scrutava a prua, cercando di distinguere almeno l'acqua davanti a lui, al mago tornò in mente il viso del piccolo Salakir, che lo implorava di portarlo con lui. Non era stato facile fargli capire che non si trattava di un gioco e che il posto in cui si stava recando poteva risultare letale persino per un mago esperto come lui.

Inoltre, il bambino non era ancora neppure in età da apprendistato. Lazard si era sorpreso della facilità con la quale il consiglio aveva accettato la sua richiesta di adottare l'orfano per addestrarlo. Secondo il capitano Skandir, però, giravano voci poco rassicuranti: alcuni sospettavano che il ragazzino fosse un superstite di Brask, e di certo non aspettavano altro che un errore da parte sua per approfittarne. Non era un segreto che molti avrebbero voluto vederlo cadere in disgrazia.

Già, il buon vecchio capitano. Sorrise. Quando gli aveva domandato se avrebbe accompagnato Luvie e Kander aveva riso, dicendo di aver chiesto di restare di stanza lì, alla sede principale dell'Accademia. Gli aveva confidato poi, in tono fin troppo serio, che la missione a Brask gli aveva fatto capire di essere troppo vecchio per incarichi così pericolosi. Non aveva tutti i torti. La maggior parte dei guerrieri, al contrario dei maghi, moriva giovane, perciò essere arrivati alla venerabile età di cinquant'anni era un grosso traguardo. Lazard poggiò la mano sul parapetto di babordo e respirò a pieni polmoni l'aria fredda che spirava dal mare. Erano salpati il giorno prima, perciò l'isola ormai non poteva essere lontana.

Gli uomini dell'equipaggio si affaccendavano intorno a lui borbottando, qualcuno canticchiava sottovoce una vecchia canzone marinaresca, ma l'umore sembrava peggiorare di pari passo col tempo.Il mago sperava di evitare una tempesta. Lo sciabordare dell'acqua, lo scricchiolio del sartiame e gli occasionali ordini del capitano, berciati a pieni polmoni, erano gli unici suoni udibili, come se il veliero si trovasse in una bolla separata dal resto della realtà. Una sensazione inquietante.

Qualche ora dopo, la foschia sembrò diradarsi, dando l'inquietante impressione che qualcuno glielo avesse ordinato e, poco dopo, l'uomo di vedetta avvistò terra. Quando anche Lazard poté vedere l'isolotto, constatò che era proprio come se l'aspettava: all'apparenza deserto e inospitale, circondato quasi del tutto da scogliere a picco. Il capitano prese a imprecare in modo assai colorito mentre cercava di circumnavigare l'isola alla ricerca di un approdo praticabile. Il mare per fortuna non era troppo mosso e un paio d'ore più tardi giunsero in vista di una piccola spiaggia, l'unica dell'isola, nei pressi della quale gettarono l'ancora.

– Aspetteremo fino all'alba del terzo giorno come d'accordo – disse il capitano. – Buona fortuna. L'espressione dell'uomo la diceva lunga sulla fiducia che riponeva nella spedizione del mago, tuttavia Lazard si limitò a rivolgergli un cenno della testa e salì sulla scialuppa.

– Uomini, calate!

I marinai obbedirono e il guscio di noce del giovane cominciò a scendere verso l'acqua scura e spumeggiante. Il membro del consiglio si calò il cappuccio sul viso, si assicurò bene a tracolla la bisaccia con le provviste e afferrò la pagaia.

Mentre lo calavano, osservò l'approdo: la stretta lingua di sabbia saliva per alcune decine di metri, prima di lasciare il posto a un'impenetrabile macchia.

– Finisco sempre in qualche foresta – mugugnò tra sé, – forse avrei dovuto fare il boscaiolo. Il tentativo di alleggerire l'atmosfera fallì miseramente.

Non appena la scialuppa fu in acqua, sganciata dalla nave, il mago prese a pagaiare verso riva, mentre con la mente scandagliava l'area circostante alla ricerca di magie attive. Non sembravano essercene o, se c'erano, erano ben nascoste. Sorrise suo malgrado, mentre i battiti del cuore aumentavano per via dello sforzo.

– Non mi aspettavo niente di meno da te – borbottò.

Lazard sospettava che trovare l'Occhio di Mobius prima del Credo non fosse l'unica ragione per la quale il consiglio gli aveva chiesto di partire alla volta di quell'isola dimenticata dagli dei. Sapevano non si sarebbe tirato indietro, così come sapevano che esisteva la concreta possibilità che non tornasse. Aveva accettato non tanto per il quieto vivere o per l'importanza della missione, quanto per un desiderio personale di scontrarsi con colui che si diceva fosse uno dei maghi più pericolosi di tutta Regalia. Poteva sembrare folle, e forse lo era, ma si poteva diventare i migliori solo affrontando i migliori. Glielo aveva insegnato suo padre. Quel pensiero trasformò la sua espressione in una maschera di amarezza e determinazione, mentre le pagaiate aumentavano di intensità.

Un lampo improvviso illuminò quella giornata cupa e uggiosa e poco dopo si udì il rombo di un tuono lontano.

"Giusto in tempo" pensò Lazard mentre raggiungeva la spiaggia. S'affrettò ad arenare la scialuppa abbastanza lontano, per evitare che col mare grosso la corrente la portasse via, poi si fermò qualche momento a scrutare gli alberi in lontananza. Aveva tutto l'aspetto di una normale foresta, priva di qualsivoglia magia ma era certo che fosse tutto l'opposto. Nonostante i suoi tentativi, più protendeva la sua mente verso l'entroterra, più l'isola dava l'impressione di ritrarsi, come se cercasse di sfuggire ai suoi esami. Si trattava di una sensazione inquietante e sgradevole che non gli era mai capitato di provare. Trasse un profondo respiro, sguainò la spada e si avviò a passo sicuro verso i primi alberi. Le rune tracciate sulla lama apparivano fioche nella luce lattiginosa del primo pomeriggio, la sabbia era cedevole sotto i piedi del mago e non c'era altro rumore se non quello della risacca alle sue spalle.

Non appena ebbe superato i primi alberi, ebbe la chiara percezione di essere entrato nel territorio di un altro mago. Era una sensazione misteriosa ma inequivocabile, che aveva imparato ormai a riconoscere: la si provava quando si accedeva a una zona circoscritta nella quale un incantatore aveva intessuto la sua magia così bene da mascherare il suo mana con il Piano Materiale. Ecco perché non aveva percepito nulla dall'esterno. E una volta dentro... dovevi giocare secondo le regole di chi aveva collocato quella barriera. D'altro canto, c'era da aspettarselo, non aveva a che fare con uno sprovveduto. Lazard sapeva che avrebbe avuto bisogno di tutte le risorse a sua disposizione per uscire da quel luogo sulle sue gambe, così escluse ogni distrazione dalla sua mente e si concentrò solo su ciò che lo attendeva.Avanzò con cautela in un bosco che continuava a mostrarsi normale, poteva sentire persino il richiamo di qualche uccello, ma sapeva che si trattava solo di un tentativo del padrone di quel posto di fargli abbassare la guardia.

Fu dopo una mezz'ora di cammino che cominciò a intravedere i resti. Scheletri sparsi tra gli alberi, alcuni appoggiati ai tronchi, a tutti mancava qualche estremità: la testa, una gamba, le braccia. Lazard s'inginocchiò a esaminarne uno, mentre un altro tuono scuoteva quell'innaturale calma. Sembrava che qualcosa avesse mozzato il braccio di netto con tutto l'osso. Solo due cose potevano aver provocato una ferita simile: un energumeno gigantesco con un'arma molto affilata o una creatura magica. Visto il luogo in cui si trovava, non c'era alcun dubbio su quale dei due fosse il colpevole. "Quindi abbiamo a che fare con un qualche tipo di famiglio... uno di altissimo livello, direi. Forse persino più d'uno" pensò Lazard rialzandosi e spolverandosi il ginocchio.

Scrutò il bosco attorno a lui, l'aria all'interno era immota, fin troppo, si rese conto con apprensione. Fu allora che capì e non appena intravide uno strano turbinio davanti a sé si gettò a terra. L'aria si squarciò come se delle lame invisibili la sferzassero e l'albero alle spalle di Lazard si schiantò al suolo con un enorme fracasso. Il mago lanciò un'occhiata dietro di sé: il taglio orizzontale era perfetto. Lazard si rimise in piedi e alzò la guardia, mentre rifletteva. Riuscire a trasformare un elementale in un famiglio era qualcosa che ben pochi maghi erano in grado di fare. Nemmeno suo padre era mai andato oltre le basi dei complessi rituali necessari. E quello era un elementale dell'aria, il più difficile da controllare, proprio in virtù della sua mancanza di una forma definita. Acqua, fuoco e terra si potevano vincolare a una fonte semplice, come un recipiente d'acqua, una candela o un vaso di terra. Ma come era riuscito questo eremita a vincolare l'aria? Usando i venti dell'isola? Stentava a crederci, eppure l'elementale era lì intorno a lui, da qualche parte.

Lazard percepì uno spostamento e si gettò di nuovo a terra. Un altro albero cadde. Subito dopo un lampo, seguito da un tuono, infine alcune gocce di pioggia. Il mago realizzò che, forse, l'acqua avrebbe giocato a suo favore, permettendogli di intravedere la sagoma dell'elementale. Se così non fosse stato, senza un contatto visivo non avrebbe potuto lanciare alcun incantesimo offensivo. Il padrone dell'isola aveva scelto un guardiano invincibile, in condizioni normali.

Un altro attacco, che Lazard evitò per un soffio rotolando. La pioggia incominciò a cadere con maggiore intensità, rivelando una sagoma antropomorfa, con due lame al posto delle braccia. Appariva traslucida, come ci si aspetterebbe da un essere del Piano Astrale. Lazard cominciò a recitare un incantesimo e si rese conto in quel momento che qualcos'altro li osservava. Doveva trattarsi di un altro famiglio di qualche genere. Se si fosse intromesso, non avrebbe avuto alcuna possibilità di farcela. Ma sembrava che l'altra creatura si limitasse a spiarli. Per il suo avversario doveva trattarsi di un gioco. L'elementale divenne più aggressivo e Lazard fu costretto a evitare un attacco dopo l'altro mentre inanellava la formula magica. Cominciava ad avere il fiato corto, e prima o poi avrebbe potuto commettere un errore: doveva sbrigarsi.

Pronunciò l'ultima parola proprio mentre la creatura si avventava di nuovo contro di lui ma l'essere non lo raggiunse mai. Le rune sulla spada s'illuminarono di una luce azzurrina, l'aria intorno a Lazard prese a vorticare e un attimo dopo il mago fu nell'occhio di un ciclone in miniatura. L'elementale era lanciato con troppa foga e non riuscì ad arrestarsi, così il tornado lo risucchiò, costringendolo a disperdersi. Il membro del consiglio sospirò di sollievo mentre il vento intorno a lui cadeva. Sollevò il cappuccio ed esclamò: – Vieni fuori, è il tuo turno. So che sei lì. L'aria davanti al giovane s'increspò e un attimo dopo si ritrovò faccia a faccia con un altro famiglio. Aveva l'aspetto di un distinto maggiordomo, con tanto di baffi neri e curati. Portava un abito elegante del tutto fuori luogo e un monocolo, e lo osservava con un'espressione indecifrabile. Lazard stentava a credere a ciò che vedeva. L'altro dovette leggerglielo in volto, perché sorrise e disse: – Questo è solo l'aspetto che il padrone mi ha imposto. La mia vera forma è molto più intimidatoria, ve l'assicuro. – Si esibì in un inchino accompagnato da un plateale gesto del braccio. – Ora vi dispiace seguirmi? Il signore dell'isola desidera sapere cosa vi porta qui.

Lazard gli rivolse un sorrisetto.

– Un'accoglienza piuttosto brutale, per un ospite che vuole parlare.

Il famiglio rivolse un gesto lezioso quanto sprezzante ai resti degli altri malcapitati.

– Individui che non riescono a superare il guardiano non meritano il tempo del mio padrone.

Senza aggiungere altro, il misterioso maggiordomo s'incamminò tra gli alberi: sembrava che la pioggia gli scivolasse addosso come se si trovasse sul Piano Astrale. In quella forma doveva essere soltanto una proiezione, il vero famiglio si trovava altrove. Lazard si calò di nuovo il cappuccio sul viso e seguì il messaggero del suo anfitrione, tuttavia non ripose la spada.

***

– Manca ancora molto?

Camminavano da una mezz'ora, ormai.

– Siamo arrivati, è oltre il crinale – rispose il famiglio mentre lo guidava su un tratto in salita.

Giunti in cima, Lazard realizzò che in realtà l'intera foresta era un grande declivio: ora si trovavano al limitare opposto del bosco e dominavano il lato settentrionale dell'isola. Il mago poteva vedere le onde farsi più violente e abbattersi sulle scogliere spumeggiando, il rumore giungeva fin lì nonostante la leggera pioggia.

Prima che potesse chiedere alla sua guida dove dovessero andare, il maggiordomo gli passò davanti e Lazard vide che si dirigeva verso una capanna alla sua sinistra. Sorgeva tra i primi alberi e il pendio assai scosceso che conduceva alla costa. Il membro del consiglio pensò che l'aspetto del famiglio fosse un po' pretenzioso, considerata la dimora spartana dell'eremita. Strinse la spada e si avviò al seguito della creatura magica.

Giunti all'uscio, la guida lo annunciò, e una voce giunse dall'interno: – Grazie Norove, ora lasciaci.

Il maggiordomo si esibì in un leggero inchino e svanì. La voce del mago era secca e non trasmetteva l'immagine di un individuo sano: Lazard era assai curioso di vedere con i propri occhi l'uomo che era venuto a cercare. Gli altri membri del consiglio lo avevano messo in guardia: giravano molte voci sull'eremita dell'isola di Dernos, e nessuna di esse era rassicurante. – Odio la pioggia, ragazzino. Entra.

Si aprì uno spiraglio nell'uscio e il membro del consiglio entrò con fare circospetto.

– Piantala di fartela nelle brache, se avessi voluto ucciderti, a quest'ora saresti nel bosco a far compagnia agli altri. Ti offrirei una sedia ma di solito non ho ospiti. Lazard sbatté le palpebre per abituarsi alla penombra che regnava all'interno: c'era solo una minuscola finestra in fondo ma era incrostata di sporco, il fuoco che guizzava al centro della stanza era l'unica altra fonte di luce. La piccola capanna si componeva di un solo ambiente; vicino alla finestrella c'era un semplice pagliericcio, un cassettone e una pila di libri che sembrava più vecchia del mondo. Il vegliardo era adagiato su una grande sedia a dondolo nei pressi del fuoco e lo fissava. Gli occhi non dovevano vederci molto bene, tanto che l'eremita sembrava sforzarsi mentre lo scrutava da sotto le cispose sopracciglia. Portava una lunghissima barba sporca e piena di briciole che una volta doveva essere stata bianca, e indossava una tunica logora, che terminava poco sopra i piedi scalzi. Lazard non avrebbe saputo indovinare la sua età ma di certo doveva essere più vecchio del Sommo Incantatore.

– Ti ho permesso di arrivare fin qui solo perché vederti combattere è stato un piacevole diversivo, erano decenni che mi annoiavo. Questo acquazzone ti ha proprio salvato la pelle, nevvero? Ma ora comincia a parlare, non sono un tipo paziente. Chi sei, e cosa vuoi?

Il mago decise di ignorare la scortesia dell'altro e si risolse a parlare subito chiaro: – Mi chiamo Lazard e sono un membro del consiglio della Confederazione Arcana. Sono qui perché, stando alle nostre fonti, tu sai dove si trova l'Occhio di Mobius.

Il vecchio mostrò gli ultimi denti superstiti in un ghigno raccapricciante. – Forse sì e forse no. Non appartiene a voi insulsi accademici, perché dovrei dirti dove trovarlo, se anche lo sapessi? E metti via quel ferro, sei una vergogna per ogni mago che si rispetti.

Lazard gli spedì un'occhiata sospettosa, prima di riporre la spada, ma tenne la mano sull'impugnatura. Il vecchio scosse la testa, come a dire che era senza speranza.

– Gira voce che anche il Credo lo stia cercando e se lo trovassero per primi...

– Sì, sì – lo interruppe l'eremita annoiato, – sarebbe la fine della vostra patetica e ingiuriosa combriccola. L'Occhio non appartiene a nessuno di voi ma forse possiamo trovare un accordo soddisfacente per entrambe le parti.

Lazard si tese come qualcuno che è sul punto di spiccare il balzo per superare una voragine.

– Sentiamo. Il vecchio ghignò di nuovo in modo tutt'altro che rassicurante.

– C'è soltanto un incantesimo in grado di localizzare con precisione un manufatto magico in una zona estesa come il regno di Regalia. Io posso prepararlo ma in cambio voglio che mi porti l'Occhio di Mobius.

– Sei impazzito? – scattò Lazard, – il resto del consiglio non approverà mai!

Il vecchio simulò un'espressione delusa. – Allora sembra che non abbiamo nient'altro da dirci, un vero peccato. Confido che saprai ritrovare la strada da te.

Il giovane sapeva di non poter tornare a mani vuote, così come sapeva che ingannare un individuo pericoloso come quello poteva rivelarsi fatale. Ma non c'era scelta. Deglutì. – Va bene, hai vinto. Ma se sai come trovarlo, perché non sei ancora andato a prenderlo?

Il vegliardo ammiccò. – Oh, lo scoprirai molto presto.

2.

Il profondo sud

I quattro viaggiatori attraversarono il portale di Tianam al passo, sotto lo sguardo impassibile delle sentinelle. La grande città era persino più affollata e chiassosa di come Luvie l'aveva immaginata ascoltando i resoconti di chi l'aveva visitata. Straripava di persone di ogni genere e dagli abiti più disparati: c'erano artigiani, contadini con i loro carri, cavalieri di ventura, mercenari e – come in qualsiasi centro abitato che si rispetti – mendicanti. Le mura erano composte di arenaria gialla così come la via principale, mentre gli edifici della povera gente erano in legno; in lontananza si poteva intravedere il piccolo castello del vassallo del Re, il barone Kel.

– Hanno scelto un bel nascondiglio, non c'è che dire – affermò Kander allentando la presa sulle redini mentre si dirigevano verso la stalla.

Quando si presentarono allo stalliere con aria gioviale come una coppia di giovani sposi, l'uomo non sembrò sospettare nulla e fece loro le congratulazioni. Kander lasciò anche una generosa mancia, e i due maghi s'incamminarono per la via, con le due guardie che li seguivano da vicino.

Dapprima Luvie aveva protestato imbarazzata a quella copertura ma il consiglio era stato irremovibile:

dovevano apparire innocui, e chi poteva sembrarlo più di una coppia in luna di miele? Kander, dal canto suo, sembrava divertito da quel suo imbarazzo ma avendo qualche anno in più sulle spalle era abbastanza maturo da far finta di nulla, cosa di cui Luvie era grata. Non era mai stata una persona che faceva affidamento sugli altri per cavarsela, né aveva bisogno che qualcuno la rassicurasse, tuttavia avere al suo fianco un mago del calibro e dell'esperienza di "Kander il Placido" la faceva sentire meglio. Quando aveva chiesto al compagno come mai gli avessero affibbiato quel soprannome, lui aveva riso, dicendo che era per via della sua perenne calma, come se fosse sempre rilassato. Aveva un aspetto bonario, la pelle scura ed era calvo. Una leggera barba ben curata in cui s'intravedevano i primi fili grigi gli incorniciava la bocca e il mento. L'aspetto di Luvie contrastava molto con il suo: bionda, dagli occhi chiari e con una lieve spruzzata di efelidi sul viso. Kander non era abbastanza vecchio perché la gente potesse avere sospetti, tuttavia avrebbero dovuto comportarsi in modo credibile. Procedevano nella ressa tenendosi per mano, i soldati a pochi metri da loro pronti a difenderli: erano stati costretti a viaggiare privi dei loro bastoni. Un uomo fidato della Confederazione Arcana aveva avuto il compito di precederli per portare i loro preziosi catalizzatori in città senza dare nell'occhio. Luvie non era riuscita a trovare evidenti falle nel piano, sembrava fin troppo perfetto, e forse era per quello che continuava a essere nervosa. E poi c'era Lazard. Il consiglio lo aveva spedito su Dernos a morire. Si morse il labbro inferiore mentre procedeva sulla via assieme a Kander nella calura del sud alla quale non era abituata.

Quando aveva confidato i suoi timori al compagno, l'Anziano le aveva assicurato che Lazard era uno dei maghi più talentuosi che avessero mai varcato la soglia dell'accademia e che non doveva preoccuparsi. Non poteva aspettarsi nulla di diverso da Kander il Placido. Luvie era consapevole del motivo per cui avevano inviato Lazard da solo alla ricerca dell'eremita dell'isola: il mago avrebbe potuto interpretare l'arrivo di un'intera delegazione come una minaccia di qualche tipo. Saperlo però non riduceva la sua preoccupazione. Aveva sentito voci terribili sul conto del vecchio mago che viveva su Dernos, e alcune di esse potevano benissimo essere vere. C'era chi affermava che avesse centinaia di anni e che usasse le Arti Proibite per risucchiare la linfa vitale dai malcapitati visitatori e prolungare la propria vita. Altri sostenevano che fosse in grado di evocare Demoni potentissimi che nessun altro mago era in grado di controllare o contrastare. Certo non credeva a tutte le voci ma aveva imparato che in genere nei racconti della gente c'era sempre un fondo di verità. E in quel caso, anche una piccola parte di vero sarebbe stata letale.

– Rilassati, Luvie, mi stai stritolando la mano – disse Kander col suo solito fare bonario: sembrava più divertito che seccato.

La maga tornò alla realtà e allentò la presa. – Scusami.

– Pensavi ancora a Lazard?

I quattro raggiunsero una piazza e finsero di mostrarsi interessati alle numerose bancarelle, dove venditori di ogni genere gridavano le loro offerte.

– Era così evidente?

– Beh, non hai fatto altro da quando siamo partiti.

Prima che la donna potesse ribattere, l'Anziano si volse e le posò una mano sulla spalla: era decisa ma allo stesso tempo rassicurante, proprio come sarebbe stata quella di un padre. La fissò con serietà.

– Capisco bene la tua preoccupazione, quella di Lazard è una missione persino più pericolosa della nostra, ma ho bisogno che tu sia concentrata, non posso farcela da solo. Quell'affermazione la colpì: un mago così esperto che faceva affidamento su di lei era una sensazione strana. Fu allora che realizzò per la prima volta che non era più né un'apprendista né una maga qualunque: ormai anche lei era un'Anziana e doveva comportarsi come tale. Non poteva disattendere le aspettative di Lazard, che aveva garantito per lei. Il modo migliore per aiutarlo era portare a termine il loro compito con successo e fare rapporto all'accademia.

Si costrinse a sorridere. – Hai ragione, non mi distrarrò più.

Kander ricambiò il sorriso. – Ne sono sicuro. Ora che ne dici di cercare la locanda, mia cara?

La maga ridacchiò. – Fai strada, marito.

**

La locanda dove l'uomo della Confederazione li attendeva era piuttosto fuori mano e aveva solo una manciata di camere, il posto perfetto per passare inosservati. Dopo aver pagato una stanza matrimoniale per tre notti, si guardarono intorno: al pianterreno c'erano tre semplici tavolacci per i pasti dei pensionanti, e in quel momento c'era un uomo che sedeva solitario, osservandoli.

– Siete in luna di miele?

Kander gli rivolse un sorriso abbagliante. – Esatto. L'uomo dall'aspetto anonimo fece loro le sue congratulazioni, poi rivolse all'Anziano un lieve cenno del capo mentre il locandiere era distratto e si diresse verso le scale. I due maghi lo seguirono, con le sentinelle a breve distanza. L'uomo li condusse alla loro stanza, chiusa a chiave, al che Luvie chiese come avesse convinto il locandiere a non affittarla.

– Qualche moneta può fare miracoli, con la povera gente – rispose l'uomo aprendo la porta e consegnando la chiave a Kander. – Buona fortuna. Detto ciò si allontanò lungo il corridoio e scomparve giù per le scale.

Kander si esibì in un elegante gesto della mano. – Mia signora.

Lei gli scoccò un'occhiata a metà tra il divertito e l'imbarazzato ed entrò.

C'era un grande pagliericcio a due piazze e un paio di cassettoni, niente finestre. Non vi era neppure un tappeto di qualche tipo a coprire il pavimento di ruvido legno.

– Una vera reggia, non c'è che dire – commentò la maga, ironica, raggiungendo il letto.

I loro due bastoni erano nascosti nell'imbottitura: Luvie porse lo scettro d'oro al compagno e prese il suo, d'argento. Si assicurarono che i preziosi catalizzatori non avessero subito alcun tipo di danno o manipolazione magica e quando furono soddisfatti li riposero dove li avevano trovati.

– Fin qui tutto bene – disse la donna, osservando il nascondiglio dei bastoni come se cercasse di scoprire qualche segreto.

– Sei pronta per incontrare la spia?

La maga si voltò verso il compagno annuendo con fare risoluto e il mago ricambiò il gesto.

– Allora togliamoci il pensiero.

Mentre Kander richiudeva alle loro spalle la porta della stanza, Luvie notò che anche lui sembrava a disagio, ma ritenne più opportuno far finta di nulla: non aveva il diritto di impicciarsi quando lei aveva avuto la testa altrove per quasi tutto il tempo. Le due sentinelle, che avevano atteso sulla porta, li seguirono al pianterreno e poi fuori, in un viottolo lurido e deserto. La maga doveva ammettere che anche lei provava un vago malessere: non aveva mai avuto a che fare con una spia e si chiedeva come la Confederazione Arcana potesse fidarsi di qualcuno che tradiva i suoi. E se fosse stata una trappola del Credo? Forse anche Kander serbava quei timori.

Mentre avanzavano nel vicolo, decise di chiederglielo.

– Non credevo te ne saresti accorta, ciò dimostra quanto questa missione mi renda più nervoso del solito. Ad ogni modo, non possiamo far altro che procedere col piano e tenere gli occhi aperti.

Quella rivelazione ebbe un doppio effetto su Luvie: da una parte, l'aver avuto sufficiente discernimento da intravedere una possibilità come quella l'aveva rassicurata sulle sue capacità; dall'altra, che Kander condividesse i suoi timori la preoccupava. Ma come aveva detto il suo compagno, non potevano fare altro che procedere con la massima cautela.

Dovettero fermarsi diverse volte a chiedere indicazioni e furono costretti ad attraversare tutta la città per raggiungere la loro meta: Luvie si sentiva accaldata e di pessimo umore e l'impossibilità di portare con sé il bastone la rendeva assai ansiosa. Accanto a lei, invece, Kander sembrava un isolotto di calma in mezzo a un oceano in tempesta, tanto che lo invidiò. Eppure era certa che persino Kander il Placido fosse teso per l'imminente incontro, sebbene lo nascondesse bene.

Quando raggiunsero l'emporio, situato in un viottolo simile a quello della loro locanda, dissero alle guardie di aspettarli fuori ma di tenersi pronti, quindi entrarono. Lo spaccio era modesto non solo nelle dimensioni ma anche nei contenuti: era perlopiù disseminato di prodotti artigianali locali, bisacce di cuoio e altri utensili di uso comune; si trattava di un posto anonimo, forse fin troppo. Davanti a loro c'era uno stretto bancone e l'uomo dietro di esso diede loro il benvenuto.

Luvie non sapeva dire cosa la inquietasse di più del proprietario, se il suo sguardo penetrante che suggeriva una nota di follia, oppure il lato sinistro del volto ustionato. Sapeva che era scortese fissarlo a sua volta, ma distogliere lo sguardo sarebbe stato altrettanto scortese.

Non ebbe il tempo di decidersi, che Kander pronunciò la parola d'ordine convenuta: – Gli astri sono in luna di miele.

– Si tratta del sole e della luna?

La domanda dell'uomo era giunta senza esitazione e li fissava allo stesso modo. I due maghi raggiunsero il banco e quando furono più vicini, Luvie notò con orrore che anche l'occhio sinistro dell'uomo aveva subito danni a causa dell'ustione. Dapprima si chiese come fosse avvenuto ma poi si impose di mantenere la concentrazione: erano lì per ben altri motivi.

La spia non perse tempo. – D'accordo, l'ingresso principale è troppo pericoloso, sia per voi che per me, ma c'è un'altra via che usiamo quando necessario.

L'uomo trasse un foglio piegato da sotto il banco e lo spiegò davanti a loro. Era una piantina che raffigurava una piccola porzione della città.

– Questa è la vostra locanda – disse poggiandovi l'indice, – usciti dal vicolo dovete procedere verso nord, arriverete in una piazza, da lì svoltate nella via alla vostra destra e percorretela fino in fondo. – L'uomo levò lo sguardo su di loro. – Troverete un pozzo, stanotte vi lascerò una corda per calarvi. C'è un passaggio scavato nella roccia, vi condurrà al luogo della riunione.

– E tu cosa farai? – chiese Luvie. Il sorriso agghiacciante della spia le fece rimpiangere di averlo chiesto.

– Lascio la città, che altro?

Memore dell'insolita tecnica investigativa che Lazard aveva impiegato a Brask, Luvie osservò che dalle condizioni della mercanzia ancora tutta esposta non sembrava che l'uomo avesse tanta fretta di andarsene. Forse aveva pensato che impacchettare tutto avrebbe insospettito gli altri membri del Credo.

Kander interruppe il filo dei suoi pensieri ringraziando l'uomo e prendendo la rozza piantina. Quando furono all'esterno, la calura li aggredì di nuovo come una fiera infuocata e Luvie cominciò a sventolarsi il viso con la mano, ma l'aria era troppo calda per recare alcun sollievo. Neppure la canicola, però, riuscì a cancellare l'inquietudine che lo sguardo del loro contatto le aveva messo addosso: era come se si fosse trovata nuda davanti al suo occhio indagatore. Sperava di non provare mai più quella sensazione.

– Sarà meglio tornare alla locanda e riposare finché possiamo – disse Kander.

Luvie acconsentì: voleva togliersi di dosso quell'afa e l'appiccicume dell'aria stagnante dei vicoli. Durante il viaggio di ritorno cercò di concentrarsi su ciò che li attendeva quella notte ma ogni volta si ritrovava davanti il volto ustionato e ghignante della spia, così dirottò i suoi pensieri su Lazard. Inutile dire che ciò non fece altro che sostituire una preoccupazione con un'altra.

3.

Rituali e sotterranei

Quando Lazard aveva consultato il libro che l'eremita gli aveva indicato, era rimasto allibito. Si trattava di un grimorio di cui esistevano pochissime copie e che si riteneva fossero andate tutte perdute o distrutte. Conteneva incantesimi cui neppure la Confederazione Arcana aveva accesso. Tuttavia, l'eremita gli aveva ordinato di seguire una nota al margine dell'ultima pagina che lui stesso sembrava aver scritto. Il giovane si disse che forse si trattava di una variante del sortilegio di cui avevano bisogno e non indagò oltre.

Lazard aveva seguito le istruzioni del vecchio, mettendo dell'acqua a bollire in una vecchia pignatta e aggiungendo degli ingredienti piuttosto semplici che l'eremita possedeva: guano di pipistrello, coda di ratto e un certo numero di altre schifezze. Si trattava di un genere di incantesimo molto diverso da quelli a cui era abituato. Quando il suo sguardo si posò però sull'ultimo ingrediente, credette di aver letto male. Lo rilesse. Nessun errore.

– Beh, che ti prende, ragazzino?

Lazard guardò il mago ma prima che potesse dire alcunché, questi rise.

– Ah, sei arrivato in fondo, vedo. Ora sai perché non sono andato a riprendermi ciò che mi appartiene.

Lazard riportò lo sguardo sulla pagina consumata e giallastra. *Un occhio umano.*

– Allora – chiese il vecchio sogghignando – destro o sinistro?

Lazard non avrebbe mai immaginato di trovarsi in una situazione come quella. Poteva davvero rinunciare a un occhio per recuperare un manufatto che non avrebbe potuto neppure riconsegnare alla Confederazione Arcana?

– Il tempo stringe, ragazzino, i tuoi nemici potrebbero conoscere lo stesso incantesimo, sai?

Lazard levò di nuovo lo sguardo sull'eremita, che gongolava.

– Ma vista la natura della loro congrega scellerata, sono sicuro che non esiterebbero un istante a usare tutti i loro organi! – Il vecchio scoppiò in una risata malevola che risuonò come un'eco maligna nella casupola, prima di farla ripiombare in un silenzio ancora più denso.

– Farà male?

Il mago tornò serio. – Se ne occuperà Norove, è molto bravo in questo genere di cose. – Il maggiordomo comparve dal nulla accanto al suo padrone. Nonostante la richiesta folle dell'eremita, Lazard tornò a pensare a ciò che il vecchio aveva detto poco prima: che l'Occhio gli apparteneva. Il giovane sgranò gli occhi.

– Tu... sei Mobius? Ma è impossibile!

Il vecchio ammiccò. – Sembra che i giovani d'oggi siano molto più rimbecilliti di un vecchio di cinquecentocinquant'anni. Ti facevo un po' più sveglio!

Nel frattempo, l'acqua nella pignatta aveva cominciato a ribollire ed era diventata di un colore verdastro, emettendo un odore fetido e nauseante.

– Come puoi essere ancora vivo? Nemmeno le Arti Proibite contengono incantesimi in grado di prolungare la vita. Ormai la curiosità di Lazard aveva preso il sopravvento sulle sue responsabilità. E poi c'era il nome del maggiordomo... Norove. Era certo di averlo letto da qualche parte. Il vecchio si stiracchiò sulla sedia a dondolo.

– Quelle che voi chiamate Arti Proibite sono solo gli incantesimi basilari della classe di magia nera, esistono rituali arcani che la vostra piccola mente non potrebbe mai neppure concepire. – A un tratto l'espressione di Mobius si era fatta dura. – Voi siete dei semplici bambini che si baloccano con giochi di prestigio, mentre la vera magia è molto più grande di quanto possiate immaginare. Persino uno dei Settantasette non è nulla a confronto di ciò che esiste nell'*Oltre*. – Si volse verso il suo servitore. – Non è vero, Norove?

– Per quanto sia orgoglioso dei miei poteri, temo sia così.

Quando Lazard credeva che le sorprese fossero finite, la comprensione si accese come una fiaccola che illumina una stanza buia all'improvviso. Ecco dove aveva già sentito quel nome: Norove era uno dei Settantasette Demoni, esseri ancora più potenti del Demone Abissale che aveva affrontato in passato. Com'era riuscito Mobius a controllare un'entità simile? E che cos'era l'*Oltre*?

Lo sguardo annebbiato del vecchio sembrava essere tornato quello di un falco, perché parve notare il profondo turbamento del giovane.

– Tu sei diverso dagli altri, tu brami davvero il sapere, non vuoi tenerlo sigillato in nome di una morale ridicola e ipocrita... dico bene?

Prima che Lazard potesse rispondere, il vecchio si protese appena in avanti e chiese in un sussurro: – Perché sei diventato un mago?

– Volevo seguire le orme di mio padre – confessò il giovane, – cominciò a istruirmi fin da ragazzino e scoprii di avere talento, inoltre la magia mi piaceva.

– Ma c'è dell'altro, non è vero? Hai sempre sentito il richiamo indefinito e ineffabile di qualcosa... la sete di conoscenza, il desiderio di trascendere la sapienza dei comuni mortali.

Lazard si rese conto con orrore che il vecchio diceva la verità. Ogni sua parola era come un macigno che precipitava sul suo stomaco. Ma aveva sempre finto di accontentarsi di ciò che l'accademia aveva da offrire. Ora sapeva. Ora capiva perché gli altri membri del consiglio erano sempre stati ostili nei suoi confronti: dovevano aver compreso la verità molto prima di lui.

Mobius interruppe il filo dei suoi pensieri: – Ho una nuova proposta da farti, stando così le cose. Hai talento, ragazzino, e per quanto possa allungare la mia vita, presto sarà il momento di lasciare queste stanche membra per raggiungere un piano più alto dell'esistenza. – Lo sguardo del vecchio lo inchiodò. – Potresti aiutarmi nella mia ultima impresa, ti assicuro che ne varrebbe la pena. Impareresti molto di più di quanto potresti fare in una vita alla tua accademia.

– Non posso accettare, sapendo in cosa consistono le Arti Proibite – fu la meccanica risposta di Lazard.

– Idiota! – ringhiò Mobius, – credi davvero che i tuoi compagni siano diversi? Si ammantano di grandi ideali e belle parole ma cosa fanno in realtà? Cercano di arraffare la conoscenza come tutti, tentando di tenerla fuori dalla portata dagli altri. Persino il Credo è più nobile, per quanto agiscano come cani rabbiosi: loro non cercano di seppellire i più grandi segreti del cosmo fingendo di essere degli eroi che salvaguardano il mondo! La conoscenza in sé non è malvagia, sono gli uomini che se ne servono per i propri scopi a esserlo, non dimenticarlo.

Lazard rimase scosso dall'improvviso impeto d'ira dell'eremita. Una parte di lui voleva replicare con altrettanta animosità ma in quel momento ripensò a ciò che era stato costretto a fare a Brask. Pensò al sangue dei genitori di Salakir che macchiava le sue mani. Rifletté sul modo di agire spesso contraddittorio della Confederazione Arcana. Nessuno lo sapeva meglio di lui, che si trovava quasi al vertice della loro organizzazione. Ma Mobius doveva saperla anche più lunga: era più vecchio persino della loro accademia, era il testimone vivente di un'epoca ormai dimenticata, nella quale la magia non era soggetta a regole e la conoscenza non era limitata a pochi eletti che la monopolizzavano. Fino ad allora, il giovane non aveva mai messo in discussione l'autorità del Sommo Incantatore né della Confederazione Arcana, forse in parte perché anche suo padre ne aveva fatto parte. Possibile che il fatto che egli fosse morto per difendere quegli ideali lo avesse in qualche modo accecato? Possibile che in tutti quegli anni fosse stato lui a sbagliare, a negare la conoscenza? Eppure, una piccola parte di lui continuava a ripetersi che vi erano certe cose che gli uomini non erano pronti a sapere, e forse non lo sarebbero stati mai. La conoscenza assoluta: un sapere che trascendeva ogni possibile comprensione. C'era un confine che non andava oltrepassato...

ma non era anche questo un comandamento pomposo e ipocrita della Confederazione, che arraffava ogni fonte di conoscenza per sé?

Vedendo l'indecisione che quel conflitto aveva provocato in lui, l'espressione arcigna dell'eremita si addolcì per la prima volta.

– Per ora, recupera ciò che mi appartiene, ragazzo. Norove verrà con te per osservare. La mia offerta è sempre valida, pensaci durante il viaggio. Ora, per quanto riguarda il tuo occhio...

Prima che Lazard potesse reagire, Norove si mosse con una rapidità inconcepibile. Qualcosa lo colpì all'improvviso e avvertì un dolore inenarrabile, come se qualcuno gli avesse riempito l'orbita sinistra di lava incandescente. Urlò fino a esaurire il fiato. Urlò di nuovo. L'ultima immagine che registrò fu il sangue, poi gli dei ebbero sufficiente misericordia e perse conoscenza.

***

Quando rinvenne, Lazard si ritrovò sul pagliericcio del vecchio. Si sentiva esausto, l'orbita sinistra pulsava in maniera terribile, provava ancora moltissimo dolore, come se l'occhio fosse ancora al suo posto e stesse cercando di affermarlo attraverso quelle scariche. Passò una mano sulla garza, mentre osservava il soffitto della capanna con l'occhio buono. L'odore mefitico dell'intruglio ancora permeava l'aria; si coricò sul fianco e notò che Mobius lo osservava, placido.

– Il mio Occhio si trova all'interno del Monte Zanok.

Lazard ricordò poco a poco ciò che era accaduto e quel che il vecchio aveva detto. La proposta. Aveva detto che avrebbe mandato Norove con lui ma sapeva bene che era solo un osservatore: si trattava di inviare la sua forma astrale, perciò non avrebbe potuto aiutarlo né ostacolarlo. Qualsiasi tipo di evocazione di esseri nel mondo fisico seguiva delle regole precise: richiedeva che l'evocatore si trovasse a una ragionevole distanza dall'essere vincolato. L'unico modo di aggirare tale limite era di inviare solo una forma intangibile. Gli elementali come quello che aveva affrontato Lazard, invece, essendo legati a elementi presenti nel mondo fisico, assumevano una forma astrale in grado di interagire con il piano materiale ma erano vincolati spesso a una fonte dalla quale non potevano allontanarsi troppo. Ciò significava che Lazard avrebbe potuto benissimo prendere l'Occhio per sé e tornare all'accademia ma prima o poi il vecchio avrebbe di certo trovato il modo di vendicarsi, ne era sicuro. E poi, le sue parole lo avevano scosso in modi ineffabili che ancora stentava a comprendere. Non era più così tanto sicuro della sua posizione. L'unica cosa di cui si sentiva ancora certo era che non poteva permettere che l'Occhio finisse nelle mani del Credo. Che avessero torto o fossero nel giusto, erano comunque dei cani rabbiosi e fuori controllo, su questo Mobius aveva ragione. Quando degli ideali davano vita a una congrega come la loro, i buoni propositi che potevano aver avuto all'inizio finivano per divenire pura ossessione. E secondo l'eremita, persino la Confederazione Arcana non ne era del tutto immune. Lazard aveva bisogno di tempo per pensare a tutto ciò.

– Sei svenuto di nuovo?

– Riflettevo – Osservò il vecchio, che lo guardava serio.

Norove non era in vista. Fu Mobius a spezzare il silenzio. – Per quanto ne sappiamo, i tuoi nemici potrebbero essere entrati in possesso dello stesso incantesimo che abbiamo usato noi e potrebbero essere già sulle tracce dell'Occhio. Non c'è tempo da perdere.

Lazard si alzò, barcollò, instabile, e si appoggiò alla parete. L'orbita gli pulsava ancora con grande intensità ma sembrava che Mobius avesse arrestato l'emorragia. Forse aveva usato qualche incantesimo di guarigione. Si sentiva comunque debole e il dolore non gli dava tregua ma non poteva riposare. Il vegliardo aveva parlato del Monte Zanok: si trovava su una piccola isola a largo della costa settentrionale di Regalia. Se avesse convinto il capitano dell'urgenza della missione, avrebbero potuto raggiungere il monte in un paio di giorni, tre al più tardi. Avrebbe avuto tempo per riposare e per riflettere sulle parole dell'eremita.

L'occhio sano si posò sulla sua bisaccia nei pressi del pagliericcio. All'interno c'era la sua sfera di cristallo per contattare l'accademia, era però restio a usarla. Avrebbe potuto informare Luvie ma anche lei aveva una missione e non credeva sarebbe stata una buona idea coinvolgerla. Se avesse chiesto al consiglio dei rinforzi, forse, sarebbero stati in grado di raggiungerlo in tempo ma ora nel suo cuore c'erano sentimenti contrastanti nei confronti dell'istituzione che aveva sempre rispettato.

Quando fu sicuro di aver riacquistato l'equilibrio nelle gambe, Lazard non poté che chiedere, avvicinandosi alla pignatta: – Non mi dire che hai dovuto bere quello schifo?

Il vecchio rise. – Certo che no! Inalare i fumi mi ha mostrato una visione di ciò che cercavo.

– Se per te era così importante, perché rischiare e aspettare qualcuno come me? E se qualcuno avesse trovato l'Occhio per primo?

L'espressione di Mobius si fece assorta. – La prima domanda intelligente che mi fai da quando sei qui. Potrei dirti che nessuno sarebbe in grado di servirsi del potere che vi è sigillato dentro ma non sarebbe tutta la verità. Forse persino io temo il momento in cui ne rientrerò in possesso.

Dopo quelle enigmatiche parole l'eremita si era fatto stranamente malinconico e Lazard non poté che chiedersene il motivo.

– Norove, è il momento.

La forma astrale del Demone maggiordomo comparve come sempre dal nulla e si esibì in un piccolo inchino, poi si rivolse a Lazard: – Vogliamo andare?

Il giovane annuì, recuperò i suoi averi e raggiunse la porta. Quando l'aprì, realizzò che erano passate alcune ore e il sole stava tramontando. La pioggia si era placata. Il suo stomaco protestò, ricordandogli che aveva saltato il pranzo.

– Torna tutto intero, ragazzo, e rifletti sulla mia offerta.

Il membro del consiglio dominò l'impulso di chiudersi la porta alle spalle ignorandolo e rispose invece che lo avrebbe fatto. Chiuse l'uscio e s'incamminò a passo ancora malfermo verso il bosco. Norove comparve al suo fianco nella sua forma traslucida e lo guidò in direzione della spiaggia. Nonostante la pioggia avesse smesso di cadere, il terreno era ancora gonfio d'acqua; in alcuni punti si era raccolta in grossi rivoli che scorrevano nel sottobosco come fiumi in miniatura.

Il mago proseguì a lungo in silenzio riflettendo su ciò che aveva appreso da Mobius mentre tentava invano di ignorare il dolore che si aggrappava alla sua orbita come un tenace parassita.

A un tratto, mentre camminava al fianco di Norove, chiese d'impulso: – Che cos'è l'Oltre?

Non si aspettava davvero una risposta, ma il Demone gliela fornì, seppur laconica. – Come saprai, la realtà è simile a una struttura piramidale, tuttavia non è composta da due soli strati come molti credono, ma da tre. Alla base c'è il Piano Materiale, sopra di esso vi è quello Astrale e alla sommità ciò che i pochi mortali che lo hanno scoperto chiamano Oltre. La conoscenza di quel piano dell'esistenza ha portato molti di loro alla follia. Lazard deglutì e per un momento dimenticò la sua ferita, la missione, persino i suoi dubbi sulla Confederazione Arcana. Provava un misto di terrore ed eccitazione a quella rivelazione.

La dimensione nella quale si trovavano i Primordiali, le creature frutto degli esperimenti dei primi maghi, era una frazione del Piano Astrale che essi avevano isolato a quel preciso scopo. Il resto del Piano Astrale conteneva Demoni Abissali, Spiriti Elementali, Fate e molte altre creature. Gli esseri più potenti che presiedevano tale regno erano denominati I Settantasette e il Demone al suo fianco era uno di essi. Lazard rabbrividì: Mobius doveva possedere dei poteri magici enormi ed era in grado di esercitare un'influenza terribile sul Piano Astrale, se era stato in grado di vincolare uno dei Settantasette. E lo aveva fatto da solo. Non aveva idea di quale potesse essere il prezzo di una simile evocazione. Per non parlare della sua innaturale lunga vita. Ma ora sapeva che c'era qualcosa di persino più grande del Piano Astrale: l'Oltre.

Lazard aveva all'improvviso la pelle d'oca. Si sentiva come un ragazzino che si è appena spinto oltre la soglia di un luogo proibito, consapevole che il prezzo da pagare per tale azione sarebbe stato salato.

– Norove... cosa si cela nell'Oltre?

Stavolta la creatura non rispose, limitandosi a procedere davanti a lui tra gli arbusti, passandovi attraverso. Lazard si rese conto che tutto il proprio corpo era contratto, come se aspettasse di ricevere un colpo, e quando la spiegazione non giunse, si sentì sollevato. Solo allora realizzò che forse non era davvero ancora pronto per scoprirlo.

Qualche ora dopo si trovava nella sua cabina sulla nave. Il capitano lo aveva accolto con un'espressione sorpresa, forse perché non si aspettava davvero che tornasse, o forse per via della medicazione che gli copriva l'orbita, ma non aveva fatto domande. Lazard gli aveva chiesto di portarlo al Monte Zanok il prima possibile e che l'esito della missione dipendeva da ciò. Il lupo di mare aveva annuito con espressione seria, annunciando che sarebbero partiti alle prime luci. Poi aveva concluso che non restava che pregare per il vento in poppa e si era congedato.

Lazard osservava la sfera di cristallo davanti a sé. Doveva avvisare il consiglio degli sviluppi o agire da solo? Poteva risultare assai pericoloso. Un'altra domanda gli era sorta spontanea mentre attraversava il bosco con Norove: chi aveva nascosto l'Occhio in un luogo così sperduto, e perché? Se si era trattato di un mago, doveva aver lasciato di certo delle protezioni di qualche genere. Sarebbe potuto accadere di tutto e il Demone di Mobius non poteva aiutarlo. Prima di prendere una decisione avrebbe voluto conoscere più a fondo il passato della Confederazione Arcana e ora rimpiangeva di non averne approfittato finché aveva potuto.

Per la prima volta dopo anni, si ritrovò ad appellarsi all'uomo che gli aveva insegnato tutto: "Padre... cosa devo fare?" Gli unici suoni a rispondere furono gli scricchiolii della nave e lo sciabordare dell'acqua.

**

I due sedevano sullo spartano letto e a un osservatore sarebbero davvero sembrati una semplice coppia, non fosse stato per i bastoni appoggiati al muro. Avevano passato il tempo a tratti sonnecchiando a turno, a tratti chiacchierando, conoscendosi meglio. Ma c'era una cosa che Luvie non aveva ancora chiesto a Kander.

– Cosa ti ha spinto a entrare nella Confederazione Arcana? L'Anziano si sdraiò, intrecciò le mani dietro la nuca e levò lo sguardo al soffitto.

– Un giorno, un gruppo di maghi rinnegati si insediò nel mio villaggio. Spadroneggiavano come banditi e nessuno poteva opporsi. Erano altri tempi, il Credo non era ancora in conflitto aperto con la Confederazione e per la povera gente la maggiore minaccia erano i maghi indipendenti. Come ben sai, infatti, oggi il Credo cerca di portare la gente dalla propria parte o la usa per i propri scopi, mentre una volta non si curava del popolo né di compiere opere di proselitismo ma si limitava a nascondersi e a praticare la magia lontano dagli occhi della Confederazione.

Luvie annuì anche se non la stava guardando. Era a causa di quei fatti che il Re aveva siglato con la Confederazione Arcana un accordo noto come "Trattato dello Scettro Chiodato". Sebbene fosse accaduto circa vent'anni prima, anche i membri più giovani della Confederazione erano tenuti a conoscerne i termini. Esso conferiva determinate libertà e privilegi alla loro organizzazione, che in cambio si era assunta l'onere di dare la caccia a tutti i maghi che non rispettavano le loro linee guida o le leggi del regno. Compresi i membri del Credo. Si poteva praticare la magia al di fuori della Confederazione ma le regole e i controlli erano così rigidi che spesso non ne valeva neppure la pena. Gli unici ad avere un minimo di libertà e autonomia erano i maghi mercenari ma definirli una minoranza sarebbe stato un eufemismo. Stando al consenso generale, fu proprio a causa di quella feroce repressione che il Credo cominciò a opporsi in modo diretto e attivo alla Confederazione, invece di limitarsi a nascondersi. E fu allora che molti maghi rinnegati e solitari o interi gruppi di essi cominciarono a unirsi al Credo nella speranza di distruggere la Confederazione Arcana.

– Nessuno venne a salvarci – continuò Kander con un'espressione amara. – Fui costretto ad abbandonare i miei genitori e fratelli e scappai. Ho passato anni a combattere il rimorso ma quando scoprii la loro terribile sorte capii che se allora fossi rimasto avrei fatto la stessa fine. Il caso volle che durante il mio vagabondare mi imbattessi in un mago: ero ancora un ragazzo, allora.

Sul volto scuro dell'uomo si disegnò un sorriso, gli occhi distanti sembravano penetrare il soffitto della stanza.

– Beh, avevo fame e così mi ritrovai a intrufolarmi in una casa per cercare del cibo. Il mago in questione era il fratello dell'uomo che abitava lì ed era in visita; fu lui a sorprendermi. Ricordo bene il suo sguardo pieno di compassione. Quella sera fui ospite in quella casa: mi chiesero di raccontar loro la mia storia e, quando ebbi finito, l'uomo mi chiese se volessi diventare anch'io un mago per rendere il mondo un posto più sicuro. – Kander si voltò verso Luvie. – Ed eccomi qui. Una storia come tante, vero?

– Che fine ha fatto quel mago?

– Morì dieci anni fa e lo piansi come un padre, era vecchio.

Luvie offrì le sue condoglianze e l'altro sorrise.

– Almeno se ne andò con serenità, è un lusso che non hanno tutti. E tu? Qual è la tua storia?

Luvie distolse lo sguardo. Non si era mai confidata con nessuno prima, neppure con Lazard.

– Se non vuoi parlarne, non c'è problema – disse l'uomo, come leggendo le sue emozioni.

Lei scosse la testa. Non c'era nulla da nascondere, solo che raccontare il proprio passato era un po' come riviverlo. E non aveva mai voluto farlo. Prima che riuscisse a sciogliere il groppo che aveva in gola e a parlare di sua madre, Kander lanciò un'occhiata fuori dalla piccola finestra e disse: – La luna è alta, l'ora del conciliabolo si avvicina. Andiamo.

Luvie annuì, grata. Presero i bastoni, si congedarono dalle sentinelle nella stanza accanto e poco dopo furono in strada.

Al buio la città sembrava diversa, le fiamme dei bracieri alle postazioni delle sentinelle danzavano pigre disegnando ombre misteriose; il via vai del giorno si era ridotto a qualche sporadico passante o ubriaco, nessuno dei quali sembrò far caso a loro. Seguirono le indicazioni della spia fino a raggiungere il pozzo: la corda era lì come promesso, ben assicurata al sostegno da cui si calava il secchio.

– Scendo a controllare – disse Kander afferrando la fune e cominciando a calarsi.

Poco dopo, Luvie udì un lieve rumore d'acqua e le giunse la voce del compagno.

– Tutto bene, scendi pure.

La maga si calò a sua volta e trovò Kander ad attenderla con una luce magica. L'acqua arrivava loro alla cintola e sebbene la notte fosse mite, la donna si ritrovò ben presto a rabbrividire. Il passaggio artificiale era scavato nella roccia e si apriva circa mezzo metro sopra il livello dell'acqua. Kander fornì alla maga un appoggio, ella si arrampicò senza difficoltà e una volta messi al sicuro i bastoni aiutò il compagno a issarsi.

Il cunicolo era assai stretto, tanto che dovettero procedere chini e in fila indiana. Kander smorzò la luce magica come misura di sicurezza, riducendola all'intensità di una candela. Ora Luvie era in testa e avanzava cercando di mantenere un passo felpato, l'orecchio attento al minimo cenno di pericolo. Ma l'unico rumore udibile era quello lieve dei loro passi. Camminarono a lungo, tanto da perdere la cognizione del tempo, finché la natura del passaggio cambiò all'improvviso. Adesso il cunicolo era più largo e permise a Kander di affiancarsi alla maga, inoltre sembrava non solo più antico ma anche scavato con maggior perizia. Continuarono ad avanzare, mentre Luvie si domandava quale fosse la natura e lo scopo di quel luogo. Possibile che il Credo si fosse preso il disturbo di compiere tanto lavoro per un nascondiglio? Non le sembrava plausibile, a meno che non fosse il loro quartier generale, cosa che non poteva escludere. Poco dopo s'imbatterono nei primi resti, disposti in modo ordinato su piccole rientranze scavate nelle pareti. Teschi, tibie e altre ossa testimoniavano l'antichità di quel luogo.

– Deve trattarsi delle catacombe appena fuori città – sussurrò Kander ispezionando una delle rientranze. – Per fortuna, questi resti sono troppo vecchi per poterli rianimare.

L'Anziana esaminò un'altra cavità e convenne con lui, dopodiché ripresero ad avanzare con cautela.

Il Credo aveva molte altre frecce al suo arco e i morti non erano l'unica cosa che potessero evocare tramite le Arti Proibite.

Giunti a un bivio, Luvie fu costretta a servirsi di un incantesimo in grado di guidarli verso le forme di vita più vicine: più magia usavano, maggiore era il rischio che i loro nemici si accorgessero della loro presenza. Ma non potevano permettersi di perdersi in quell'intricata serie di passaggi. La maga imprecò mentalmente contro la spia, che non li aveva avvisati. Un tenue filo di luce rossastra li guidò lungo il varco di destra e in una serie di svolte finché i due non persero il senso dell'orientamento. Quelle catacombe erano enormi. Stando a quel che sapeva Luvie, dovevano risalire a diverse centinaia di anni prima, quando il feudatario che presiedeva la zona all'epoca ne aveva commissionato la costruzione. Secondo i resoconti storici si era trattato di un uomo eccentrico che affermava che il posto dei morti era lontano dagli occhi dei vivi. Camminando per quei corridoi, Luvie non poteva però biasimarlo: avere a che fare coi defunti, che fossero solo resti o qualcuno li richiamasse dall'aldilà, non era mai piacevole.

La gran quantità di polvere e sporcizia rendeva l'aria pesante e sgradevole, e la maga si ritrovò a trattenere uno starnuto. Al suo fianco, Kander sembrava posato come sempre.

Mentre avanzavano per l'ennesimo cunicolo, cominciarono a udire un lieve chiacchiericcio in lontananza.

Luvie interruppe il suo incantesimo e così fece Kander: davanti a loro, il passaggio cominciava a essere illuminato da numerosi ceri e candele posti nelle rientranze delle pareti. I due si scambiarono un'occhiata e proseguirono cercando di non fare alcun rumore.

Il tunnel dava su un'ampia sala circolare illuminata da grossi bracieri d'ottone. Al centro, una decina di figure ammantate di nero sembrava discutere sottovoce. Un individuo presiedeva la riunione assiso su un trono di pietra. Il suo bastone nero dalla cima a forma di tridente era inconfondibile: uno Ierofante. Portava lunghi capelli ramati e il volto, sebbene giovanile, era quello di qualcuno che ha patito indicibili sofferenze.

Kander e Luvie riuscirono a ritirarsi nel passaggio prima di attirare l'attenzione dello Ierofante. La loro missione consisteva nello scoprire i piani del Credo e nient'altro: affrontare tanti maghi a viso aperto sarebbe stata una follia e dovevano evitarlo a tutti i costi.

Lo Ierofante batté a terra la base dello scettro per tre volte e il suono secco zittì la piccola congrega.

– Fratelli, il tempo è giunto. Presto l'Occhio di Mobius sarà nelle nostre mani e potremo lanciare l'attacco decisivo contro il nostro odiato nemico. Mentre i nostri compagni si dirigono al Monte Zanok, il nostro compito sarà quello di attirare l'attenzione della Confederazione Arcana altrove. Non devono sospettare nulla: l'effetto sorpresa, combinato col potere dell'Occhio, ci permetterà di spazzarli via una volta per tutte.

Seguirono delle grida di giubilo ma lo Ierofante li richiamò subito all'ordine. Ben presto, Luvie e Kander realizzarono che il resto del suo discorso consisteva nelle farneticazioni di un fanatico e che avevano le informazioni per le quali erano venuti. Quando fecero dietro-front, però, videro un altro membro della congrega dirigersi verso di loro. Che fosse un ritardatario? In ogni caso, erano in trappola.

Kander le scoccò un'occhiata tesa. – Me ne occupo io, tu lancia un incantesimo per ritrovare la strada, sembra che dovremo correre.

Luvie annuì e si preparò all'inevitabile.

***

Accadde tutto molto in fretta. Luvie si scostò e Kander inanellò in fretta una formula, protendendo il bastone in direzione del nemico. Il malcapitato ebbe giusto il tempo di vederli e gridare, poi una serie di punteruoli di ghiaccio lo impalarono e cadde a terra morto. La maga intanto aveva recitato un incantesimo che li avrebbe condotti alla fonte d'acqua più vicina. Un filo azzurrognolo si dipartì dal bastone di Luvie e i due partirono di corsa; alle spalle sentivano le grida dei loro inseguitori.

Mentre correvano potevano udire lo scalpiccio dei passi dei nemici, e Luvie pregava di non trovare altri accoliti sulla loro strada. Nonostante l'odore sgradevole dell'aria, l'Anziana si ritrovò a raccogliere con gratitudine ogni boccata d'ossigeno mentre correva per mettersi in salvo; alle sue spalle poteva udire Kander ansimare. Persero ogni cognizione del tempo mentre fuggivano ma, stando al rumore di passi, Luvie sapeva che non erano riusciti a distanziare i loro inseguitori, o almeno non di molto. A un tratto udì un gemito. Fece per voltarsi ma Kander le intimò di continuare.

– Che succede?

– Non ci pensare – replicò secco lui. – Quando arriverai al pozzo, liberati della corda.

Luvie gli chiese cosa volesse dire, e non ottenne risposta. Non poteva più sentirlo ansimare. Si lanciò un'occhiata alle spalle e lo vide: si tamponava il fianco sinistro con la mano, mentre teneva il bastone levato nella destra. Luvie voleva tornare indietro, voleva salvarlo con tutta se stessa e per un istante fu sul punto di fermarsi ma la gelida voce della ragione le sbatté in faccia la realtà: se lo avesse fatto sarebbero morti entrambi. Non seppe mai quale fu l'ultima formula a lasciare le labbra di Kander il Placido. L'Anziana continuò a correre e presto si rese conto che i suoi passi erano gli unici a echeggiare nel passaggio. Serrò gli occhi per combattere le lacrime e si costrinse a concentrarsi sul proprio respiro. La fatica cominciava a farsi sentire e presto avrebbe dovuto rallentare. Si chiese se avessero davvero camminato così a lungo.

Poco dopo fu costretta ad adottare una rapida falcata a causa di una fitta alla milza.

"Mi raggiungeranno" pensò, scoprendo di avere più paura di quanto avrebbe immaginato.

La sua mente si riempì di immagini terribili e si rese conto che stava perdendo la calma. Si costrinse a pensare con logica al da farsi: raggiungere il pozzo, scalare la corda, tagliarla col pugnale e raggiungere le guardie alla locanda. Una volta al sicuro fuori città, usare la sfera di cristallo per avvertire il consiglio. Scoprì che ordinare i pensieri in quel modo l'aiutava a recuperare lucidità, e cercò di concentrarsi solo sul prossimo obiettivo.

Quando infine raggiunse il pozzo, trasse un sospiro di sollievo. Si calò in acqua e abbrancò la corda come una naufraga disperata. Solo allora realizzò che avrebbe dovuto abbandonare il bastone. La sua esitazione durò solo un istante e presto prese ad arrampicarsi puntellandosi con i piedi lungo la parete. Quando sbucò sotto il cielo stellato, aveva le braccia e le gambe a pezzi, però non poteva fermarsi. Trasse il pugnale dalla cintura e cominciò a lavorare con alacrità per tagliare la fune, ma era piuttosto spessa. Poco dopo, al di sotto del rumore del coltello, Luvie udì l'acqua muoversi e le si gelò il sangue nelle vene. Un momento dopo qualcuno strattonò la cima. La maga prese a lavorare con frenesia ma quella maledetta corda non sembrava volerne sapere di cedere. Quando l'Anziana stava per abbandonarsi alla disperazione, gli ultimi filamenti si lacerarono e un istante dopo si udì un tonfo nell'acqua, seguito da un'imprecazione.

Luvie prese a correre mentre riponeva il pugnale e poco dopo raggiunse l'ostello in fondo al vicolo, esausta. L'atrio era deserto e l'atmosfera le metteva la pelle d'oca. Dov'era il locandiere? Luvie voleva lanciarsi su per le scale per raggiungere le guardie del corpo, ma l'istinto le diceva che c'era qualcosa di sbagliato.

Cominciò a salire i gradini con passo felpato e sguainò di nuovo il pugnale. Passò quella che le sembrò un'eternità prima che raggiungesse il piano superiore. Il corridoio scuro si stagliava davanti a lei come il buio esofago di una creatura famelica. La maga superò l'uscio della stanza che aveva condiviso con Kander e raggiunse la porta successiva, che era accostata. L'aprì piano, trovandosi dinanzi una scena orribile: i due soldati giacevano a terra in un lago di sangue, che alla misera luce che filtrava dalla finestra appariva nero. La maga non ebbe il tempo di esaminarli o di formulare ipotesi, perché l'assassino sbucò dalle tenebre e l'assalì. Luvie agì d'istinto e protese il pugnale in avanti: l'uomo finì impalato sulla lama, gemette e crollò all'indietro, il suo corpo a far compagnia a quelli delle sue vittime. Portava con sé un bastone d'acciaio ma aveva tentato di aggredirla con un coltello, forse per evitare che percepisse la magia e fiutasse la sua trappola.

Luvie rimase stordita per lunghi istanti osservando la lama insanguinata che stringeva tra le mani. Aveva distrutto creature magiche e catturato maghi, ma era la prima volta che uccideva una persona con le proprie mani. La cosa che la turbò di più fu che non provava nulla. Era accaduto tutto così in fretta, e senza che avesse neppure deciso consapevolmente di agire, che si sentiva quasi come se qualcun altro avesse ucciso il suo aggressore. O come se egli si fosse gettato sul suo pugnale di propria volontà.

Fu allora che realizzò la situazione in cui si trovava e la paura le venne in soccorso, sbloccandola dalla paralisi: qualche spia del Credo che operava a Tianam doveva aver scoperto chi erano durante la loro permanenza lì in città. Anche se non avevano avuto il tempo di avvisare i membri più importanti che presiedevano al conciliabolo, erano però riusciti a uccidere le guardie e avevano lasciato qualcuno di guardia. Ciò significava che non c'era un posto sicuro in tutta Tianam.

Luvie inguainò il coltello sporco di sangue con mani tremanti e afferrò lo scettro della sua vittima, poi raggiunse l'altra stanza. Usò ancora il pugnale per sfilare un'asse del pavimento allentata e recuperò la sfera di cristallo che aveva nascosto al loro arrivo. Kander l'aveva lodata per quella precauzione e il pensiero del compagno minacciò di distrarla di nuovo. Scosse la testa, come per scacciare il suo ricordo dalla mente, poi passò la mano sulla sfera e recitò la formula in un sussurro. All'interno del globo sembrò turbinare della neve, come sempre avveniva mentre si cercava di stabilire un contatto. Chiuse gli occhi e sgombrò la mente da ogni cosa eccetto l'immagine della sfera nella sala del consiglio. Una voce la fece sobbalzare e quando aprì gli occhi si ritrovò faccia a faccia con il Sommo Incantatore. Aveva portato la sfera con sé nelle sue stanze e ora la osservava con aria attenta nonostante l'ora tarda: doveva essere rimasto sveglio in attesa di notizie e, vista la gravità della situazione, non poteva biasimarlo.

– Luvie, hai un aspetto terribile... che cosa è successo?

La maga sospirò. – Ci hanno scoperti, le guardie sono morte. Il Credo si dirige al Monte Zanok, è lì che si trova l'Occhio, il resto sono solo azioni diversive.

L'espressione del vecchio si fece ancora più grave. – Il Monte Zanok, hai detto? Manderò subito una squadra adeguata. Tu stai bene? Kander è con te?

L'Anziana chiuse gli occhi e scosse la testa ma non riuscì a proferir verbo.

– Capisco. Perdere Kander è un brutto colpo ma non c'è tempo per piangerlo, ora. Devi lasciare subito la città.

Luvie udì uno scricchiolio alle sue spalle. Fece per voltarsi ma era già troppo tardi. Forti braccia la immobilizzarono e le tapparono la bocca: dovevano essere almeno in tre. Poteva udire il Sommo Incantatore chiamarla, chiedere cosa stesse succedendo ma, per quanto tentasse di divincolarsi, gli uomini erano troppo forti e lei era esausta. Fu allora che udì la voce di un estraneo rivolgersi al mago nel globo.

– Se vuoi salvare la vita della ragazza, dimenticati dell'Occhio, vecchio.

Subito dopo si udì il rumore di vetri in frantumi: doveva aver lanciato la sfera. Gli uomini non dissero altro mentre la trascinavano via e Luvie cominciò a pensare di non avere alcuna via d'uscita. Si sentiva impotente e terrorizzata. Volevano tenerla come ostaggio, era chiaro, ma cosa avrebbe fatto il Sommo Incantatore? E che fine aveva fatto Lazard? Quando capì che continuare a dibattersi sarebbe stato solo un inutile spreco delle poche energie che le rimanevano, lasciò che i suoi aguzzini la portassero via. Mentre la spingevano giù per le scale e poi fuori dalla locanda, Luvie fece il punto della situazione, più per tenere a bada la disperazione che per reale utilità. Aveva perso il bastone ma i suoi rapitori non si erano accorti del pugnale. Non era molto ma se avesse trovato l'occasione giusta, forse sarebbe riuscita a fuggire.

– E questo cos'è?

Uno degli uomini aveva inavvertitamente toccato la guaina mentre la spingeva. Addio via di fuga. Le sfilò il coltello dalla cintura e lo gettò via.

– Hai altre sorprese, ragazza?

Luvie si limitò a scuotere la testa mentre avanzavano nel vicolo buio e ricevette un ceffone. Il dolore le esplose sul volto all'improvviso. Un'altra voce, più ruvida e cattiva, s'intromise: – Rispondi come si deve quando uno di noi ti fa una domanda, chiaro?

Luvie fu grata del buio che nascondeva le lacrime calde che le rigavano il viso.

– Sì – si costrinse a rispondere la maga.

– Bene, hai altri compagni qui?

– No.

– Se scopro che mi hai mentito, quello schiaffo ti sembrerà la carezza di un bambino – la minacciò ancora l'uomo dalla voce dura.

La maga si odiò per la sua debolezza. E lei era un'Anziana? Cercò invano di scacciare l'amarezza mentre confermava: – Non c'è nessun altro.

Stavolta l'uomo sembrò soddisfatto e non dissero più nulla mentre la portavano via seguendo strade secondarie e viottoli, lontano dagli occhi delle guardie.

Luvie rifletté che sapevano muoversi, tuttavia non sembravano accoliti: aveva l'impressione che si trattasse di mercenari senza scrupoli e nessuno di loro portava con sé un bastone. L'avrebbero condotta dallo Ierofante? E poi?

Mille domande le frullavano nella testa in un miscuglio di paura, amarezza e rimpianto, mentre i misteriosi uomini la trascinavano verso il suo ineluttabile destino.

4.

Il Monte Zanok

Lazard credeva che Mobius avesse qualcosa a che vedere col vento favorevole che aveva spinto la nave quando si erano allontanati dall'isola. Durante quei due giorni di viaggio aveva riflettuto a lungo, valutando le sue opzioni. Aveva pensato a Luvie, che lui stesso aveva raccomandato, e al piccolo Salakir, che aveva risparmiato durante la loro missione a Brask. Missione... forse si sarebbe potuta anche definire genocidio. Non era stata la prima volta e, se avesse continuato a far parte della Confederazione Arcana, non sarebbe stata neppure l'ultima. Ma se avesse disertato, che ne sarebbe stato di quei due? Si sentiva in qualche modo responsabile ed era ciò che lo tormentava. Aveva la sensazione di trovarsi all'interno di un oscuro tunnel, con la consapevolezza che a entrambe le estremità lo attendeva un mostro. Poteva soltanto scegliere quale dei due orrori affrontare.

– Maestro Lazard? – Una voce lo riscosse dai suoi pensieri. Era un membro della ciurma, che lo osservava sulla soglia della cabina. Immerso com'era nelle sue elucubrazioni, non lo aveva sentito bussare.

– Ci siamo? – L'uomo annuì e scomparve, richiudendosi l'uscio alle spalle. Alla fine dei conti, Lazard non aveva avvisato il consiglio, né tentato di contattare

Luvie. Una voce, forse quella della ragione, forse della follia, gli bisbigliò che era ancora in tempo ma scelse di ignorarla.

Raccolse le sue cose e raggiunse il ponte. Sebbene il sole splendesse, la luce giungeva smorzata da una lieve nebbia che sembrava tutt'altro che naturale: persino i colori sembravano spenti, come se qualcosa li avesse privati di ogni vitalità. E all'improvviso, l'inequivocabile sensazione di trovarsi in un luogo permeato dall'incantesimo di un mago. Qualcuno doveva averlo preceduto ma, conoscendo i metodi delle due organizzazioni, avrebbe scommesso sul Credo. L'isolotto su cui sorgeva il Monte Zanok si stagliava in lontananza attraverso il sottile strato di foschia, ma non era quella la loro meta: non vi erano punti dove si potesse attraccare, perciò l'unica via per raggiungere l'isola era attraversare una stretta lingua di terra che la collegava alla terraferma e che con l'alta marea finiva sotto la superficie dell'acqua.

Giunti nei pressi della costa, il capitano ordinò di gettare l'ancora. Mentre Lazard osservava l'entroterra e si chiedeva quali trappole il Credo avesse predisposto, percepì un movimento con la coda dell'occhio superstite. La forma trasparente di Norove si affiancò a lui.

– Sembra che avremo compagnia.

– Qualunque cosa mi aspetti, agirò con cautela come sempre.

Il Demone gli rivolse un enigmatico sorriso.

– Potrei rivelartelo ma non voglio rovinarti la sorpresa, ti dirò solo che hanno usato un incantesimo che voi umani definireste "di classe metamorfica".

Persino un mago esperto non era in grado di dire quale tipo di magia fosse stata impiegata senza prove empiriche, ma c'era da aspettarselo da una creatura del calibro di Norove. L'espressione del mago s'indurì. Credeva di avere una mezza idea di cosa lo attendesse, ora. E il solo pensiero era come un'altra gragnola di pietre che avrebbe contribuito ad appesantire la sua coscienza. La consapevolezza che lui non si sarebbe più macchiato di un simile crimine era l'unica cosa in grado di alleviare la pena che provava.

– Maestro?

Lazard si voltò verso il capitano, che aveva un'espressione rigida: sembrava che persino i non iniziati alla magia riuscissero a percepire che qualcosa non andava nell'atmosfera di quel luogo.

– Mandate un uomo con me per riportare indietro la scialuppa, il vostro lavoro è finito. L'uomo annuì, all'apparenza sollevato, e cominciarono subito i preparativi.

Il viaggio verso riva fu silenzioso e greve e le uniche parole che il marinaio gli rivolse furono: – Buona fortuna – prima di prendere a vogare lasciandolo sulla spiaggia.

Lazard sguainò la spada e si avviò nell'entroterra: poteva già intravedere attraverso la nebbiolina le capanne del villaggio di pescatori. Avrebbe dovuto attraversarlo per raggiungere la lingua di terra che conduceva all'isola. Il vento cambiò direzione, portando alle sue narici un fetore di pesce marcio come non ne aveva mai sentiti prima. Fece una smorfia e proseguì.

Fu allora che, in vista di una probabile imboscata, pensò per la prima volta all'occhio che aveva sacrificato e a ciò che avrebbe comportato in battaglia: una visione ridotta, che lo avrebbe messo in chiaro svantaggio, soprattutto se si fosse trovato in inferiorità numerica.

Trasse un respiro profondo cercando di sopportare il tanfo e mentre continuava ad avanzare strinse con forza il manico della spada. Giunto nel centro abitato, il mago osservò che il luogo sembrava ancora popolato: alcune reti da pesca giacevano abbandonate più in là, nei pressi della spiaggia, come se gli uomini le avessero lasciate all'improvviso nel mezzo del loro lavoro.

Un paio di piccole imbarcazioni era alla fonda presso un piccolo molo di legno dall'aspetto cadente. Gli unici suoni udibili erano il cigolio del sartiame e il lieve mormorio della risacca. La puzza di pesce marcio non sembrava avere un'origine precisa ma permeava il luogo come una mefitica cappa. Lazard poteva già intravedere la lingua di terra che conduceva all'isola, e il Monte Zanok appariva come l'ombra di un silenzioso gigante nella foschia. Il giovane sospettava che la bruma fosse parte della trappola e, mentre pensava a ciò, avvertì qualcosa.

Gli esseri cominciarono a scivolare fuori dalle capanne con passo malfermo, i loro vitrei occhi da pesce fissi su Lazard. Gli abitanti del villaggio avevano un aspetto grottesco: indossavano ancora parte dei loro vestiti ma i loro corpi erano del tutto ricoperti di squame, le teste avevano assunto una forma appiattita. Erano vittime della magia del Credo, semplici guardie che essi avevano creato per guardarsi le spalle mentre si avventuravano nel monte alla ricerca dell'Occhio. Ciò significava solo una cosa: doveva sbrigarsi. Gli uomini e donne pesce sembravano lenti ma all'improvviso scattarono in avanti con una velocità sorprendente, tentando di abbrancarlo con le loro mani palmate. Lazard mozzò il braccio più vicino e ne scansò un altro.

– A sinistra! – La voce di Norove gli permise di evitare giusto in tempo un terzo assalitore fuori dal suo campo visivo.

Il mago indietreggiò mentre cominciava a inanellare una formula ma la ventina di esseri non sembrava aver intenzione di dargli alcuna tregua. Lazard balzò all'indietro per evitare l'assalto di una coppia di quelle creature e all'improvviso si sentì strattonare una gamba. Quando si voltò, si ritrovò faccia a faccia con un piccolo uomo pesce. Un bambino. Il mago estrasse dalla cintura il pugnale con la sinistra e lo conficcò nella gola della povera, indifesa creatura, mentre continuava a incanalare il suo mana nella spada, pronunciando la formula. Se fosse esistito un castigo dopo la morte, lui non vi sarebbe sfuggito: era di certo dannato e nessuna azione avrebbe potuto redimerlo.

Il piccolo essere emise un gorgoglio e si accasciò al suolo in una pozza di sangue, mentre gli altri sembrarono essere pervasi da una strana frenesia. Che i loro sentimenti umani fossero ancora intatti? Ben presto, Lazard si ritrovò a balzare in ogni direzione, evitando i numerosi nemici, quando a un tratto uno di loro riuscì ad afferrarlo alle spalle: l'allarme di Norove era giunto troppo tardi. La morsa dell'essere era d'acciaio, e il fetore da quella distanza era così penetrante da dare la nausea. Ma l'incantesimo era pronto.

Quando l'ultimo stralcio di formula lasciò le labbra di Lazard, le rune sulla lama lampeggiarono di rosso e dall'arma scaturì una frusta di fuoco lunga un paio di metri. Il calore improvviso sorprese gli esseri, che indietreggiarono facendosi scudo con le braccia, mentre l'uomo pesce che tratteneva il giovane allentò la presa quel tanto che bastava perché lui ne potesse approfittare. Conficcò il pugnale nel fianco del mostro che gorgogliò e mollò la presa.

Non appena fu libero, Lazard guidò la frusta con la sua volontà, sferzando i suoi nemici senza pietà. Il fuoco magico bruciava facilmente le scaglie e presto il tanfo delle carni abbrustolite cominciò a mescolarsi a quello di marciume. Gli abitanti del villaggio cominciarono a fuggire in maniera disordinata in ogni direzione, ma la magia di Lazard non diede loro scampo.

Ben presto il giovane fu l'unico essere vivente rimasto: alcuni uomini pesce erano ridotti a involucri anneriti e accartocciati, mentre altri bruciavano ancora. Il villaggio appariva come un dipinto del concetto di desolazione.

Lazard interruppe il flusso di mana e la frusta infuocata scomparve di colpo, come risucchiata dall'aria stessa. Giurò a se stesso che il Credo avrebbe pagato anche per quello.

Norove comparve alla periferia del suo campo visivo e s'incamminò verso la lingua di terra. Il mago rifletté che non sembrava avere fretta, nonostante il vantaggio dei nemici. Possibile che sapesse qualcosa che lui ignorava? Scrollò la testa e lanciò un ultimo sguardo all'agglomerato: la sottile foschia ancora permaneva, la lieve brezza giocava con i lembi di pelle che ricoprivano le capanne e i corpi giacevano qua e là, come macabri ornamenti che testimoniavano la fine di innocenti, pacifiche vite.

La voce del Demone riscosse Lazard da quei pensieri, ed egli s'incamminò. Giunto sul lembo di terra, si rese conto che la marea si stava alzando. Affrettò il passo. Il sole era andato a nascondersi tra pesanti nembi, e cielo e mare sembravano divenire sempre più minacciosi. Quando il mago raggiunse l'isola, la volta celeste era quasi del tutto oscurata. L'eterea forma di Norove cominciò a sparire e a riapparire più avanti, piuttosto che limitarsi a camminare, come se lo invitasse ad affrettarsi. Lazard seguì il sentiero che dalla spiaggia conduceva ai piedi del rilievo e s'inerpicava su per il fianco della piccola montagna. Era chiaro che i tozzi gradini appena sbozzati nella roccia fossero opera di qualcuno, così come di certo lo era il nascondiglio dell'Occhio. Durante la salita, una serie di domande si affacciarono alla mente del giovane: chi si era preso tutto quel disturbo, e perché? Come mai non aveva tenuto con sé il manufatto, dopo averlo sottratto a Mobius? Tutta la faccenda cominciava a sembrare sospetta ma era troppo tardi per preoccuparsene. Avrebbe posto quelle domande al vecchio stesso, una volta recuperato l'Occhio.

Si fermò di colpo. Sembrava che inconsciamente avesse già deciso quale strada prendere. Ma che ne sarebbe stato di Salakir? Rapirlo era fuori questione. Lazard riprese l'ascesa mentre rifletteva. La cosa migliore sarebbe stata lasciarlo con la Confederazione Arcana ma poteva essere davvero certo che non lo avrebbero usato contro di lui? Sarebbero persino giunti a ucciderlo, se non avesse consegnato loro l'Occhio? Quel pensiero lo sprofondò in una terribile angoscia. Forse avrebbe potuto bluffare: sembrava la carta migliore a sua disposizione. Il pensiero che potessero leggere tale bluff però lo preoccupava. Eppure, ovunque guardasse non sembravano esserci alternative: si trovava sempre in quel tunnel buio con i due mostri a guardia delle estremità. Da un lato, la Confederazione, dall'altro, Mobius. Un male noto, contro uno ignoto. Ma poteva davvero ragionare in modo così duale e semplicistico?

Mentre era assorto in tali riflessioni, raggiunse l'ingresso al monte. Come per il sentiero scolpito nella pietra, l'apertura era artificiale e piuttosto ampia. L'interno era buio e all'apparenza minaccioso. Norove lo attendeva sulla soglia, immobile.

– Da qui in poi suggerisco di esercitare estrema cautela.

– Parli come se sapessi di nuovo cosa mi attende – ribatté Lazard scoccandogli un'occhiata sospettosa.

Invece di rispondere, il Demone scomparve. Tipico.

Il giovane si rese conto solo allora di quanto fosse teso e cercò di rilassarsi ma senza grandi risultati. Evocò una luce magica e si addentrò nelle viscere della montagna.

Mentre proseguiva attraverso il passaggio, Lazard cominciò a percepire una magia potente, antica, e una presenza minacciosa. La sua presa sulla spada divenne ferrea per la tensione. Conosceva molto bene quel genere di aura. Non era mai stato un pavido, ma in quel momento una parte di lui lo stava implorando di tornare sui propri passi. In fondo a quel tunnel si celava qualcosa che aveva già affrontato e sconfitto in passato ma la situazione, adesso, era assai diversa.

Allora aveva dei soldati di supporto ed era in piena forma. Ora invece...

Il mago s'imbatté in un cadavere, prono, come se l'avessero colpito alle spalle mentre fuggiva. Lazard osservò le ferite sfruttando il globo di luce che lo guidava: la schiena era perforata in tre punti da enormi punteruoli di roccia. A giudicare dalle sue condizioni, sembrava morto da poco. Il giovane riprese ad avanzare, incrociando un altro paio di corpi più avanti: questi ultimi erano ridotti molto peggio, divorati da fiamme magiche molto più potenti di quelle usate da lui contro i pescatori. Magia di tutt'altro livello. Mentre procedeva, il mago cercava di escogitare un piano che gli permettesse di trionfare da solo sul suo avversario, ma ogni volta la sua simulazione mentale si concludeva con la sua morte. Così preso dal dilemma, si rese conto solo all'ultimo di aver raggiunto la fine del tunnel. Davanti a lui si stagliava una grotta semicircolare che appariva come la scena di un massacro. Gli unici corpi che sembravano illesi erano quelli più vicini alla creatura: doveva aver usato la Caduta nell'Abisso, risucchiandone l'anima. Gli altri maghi del Credo giacevano disseminati in maniera scomposta qua e là, in alcuni casi ne restavano solo le ossa. Lazard rabbrividì, domandandosi quale genere di incantesimo potesse ridurre in tal modo un uomo. La cosa più sorprendente, però, era il corpo mutilato di un secondo Demone Abissale, che giaceva al centro della stanza. I maghi dovevano essere riusciti a eliminarne uno, prima che l'altro li sopraffacesse, uccidendo anche coloro che avevano tentato la fuga.

Il Demone Abissale appariva come un grosso essere nerastro dalle braccia lunghe e affusolate e le gambe tozze; una sorta di tunica lacera nascondeva gran parte del suo corpo e del volto deforme. Gli occhi brillavano nell'oscurità di una luce gialla che non era di quel mondo. Alle sue spalle si ergeva un piccolo altare di pietra sul quale sembrava trovarsi un oggetto che doveva essere l'Occhio, ma la luce di Lazard non giungeva così lontano da poterlo distinguere con chiarezza.

La creatura emise un lieve sibilo, puntando l'inquietante indice artigliato verso il giovane. Sembrava quasi voler dire: "Tu sarai il prossimo!" L'essere teneva ancora per il bavero la sua ultima vittima nell'altra grinfia, quando l'abbandonò all'improvviso e la grotta si riempì della sua voce agghiacciante che snocciolava una formula in una lingua a Lazard sconosciuta.

Il Demone completò l'incantesimo con una rapidità inconcepibile, come se ogni sua parola equivalesse a un'intera frase nel linguaggio degli uomini. Il mago ebbe giusto il tempo di lanciarsi su un lato: una macchia di oscurità che sembrava viva si era avventata su di lui. L'ombra senziente atterrò dove lui si era trovato un attimo prima e balzò di nuovo. Lazard non poté far altro che continuare a evitarla, mentre con la coda dell'occhio sano vide la creatura cominciare un nuovo incantesimo. Se non fosse partito al contrattacco al più presto, sarebbe morto ancor prima di cominciare a lottare.

Mentre evitava la macchia simile a inchiostro vivente, il giovane inanellò in fretta una formula, e poco dopo una barriera traslucida lo avvolse. Senza un istante di pausa, cominciò a preparare un altro incantesimo di classe divina. Fu allora che una serie di rocce affilate come rasoi comparvero dal nulla, scagliandosi contro di lui. Non poteva evitarle, ancora privo di equilibrio per aver scansato un assalto dell'ombra. I micidiali proiettili si schiantarono sulla barriera, neutralizzandola in un istante. Il Demone Abissale schioccò la lingua, all'apparenza seccato dal contrattempo, e cominciò a tessere un nuovo incantesimo. Le sue riserve sembravano senza limiti, mentre Lazard già cominciava ad accusare stanchezza: la sua riserva di mana si andava consumando senza alcun progresso.

Terminata la nuova formula, il mago puntò la spada in direzione dell'entità d'ombra e una saetta bianca scaturì dalla punta della lama. L'attacco andò a segno e l'essere esplose in una vampata di luce. Lazard trasse un respiro profondo e cominciò a recitare un nuovo sortilegio ma proprio in quel momento il Demone Abissale protese una mano artigliata verso di lui. Non accadde nulla. Il mago continuò a preparare il proprio incantesimo, nonostante lo stupore. Possibile che persino una creatura simile potesse sbagliare una formula? Capì ben presto che non c'era stato nessun errore: i membri del Credo caduti si stavano rialzando, di ritorno dalla morte, pronti a convergere su di lui, il bersaglio designato. Se avesse permesso loro di metterlo all'angolo, non avrebbe più avuto alcuna speranza.

Lazard continuò a recitare la formula col cuore che gli martellava nel petto e le gambe ridotte a gelatina: non si era mai sentito così vicino alla morte prima di allora. I cadaveri avevano incominciato a muoversi verso di lui, persino quelli ridotti a degli scheletri. Il giovane terminò la formula e appoggiò la punta della spada a terra. Le rune s'illuminarono d'arancio e un fuoco dalle screziature bianche esplose in tutte le direzioni, divorando tutti i non morti. Lazard levò lo sguardo, ansante, e vide il Demone Abissale avanzare verso di lui. Sapeva bene cosa significava: lasciarsi ghermire equivaleva a morte certa. Valutò le sue opzioni, ma con le sue energie residue, i sortilegi d'attacco a sua disposizione erano perlopiù di medio livello. Nulla che potesse essere in grado di distruggere un simile avversario.

Fu nel momento di disperazione più assoluta che la sagoma di Norove comparve al suo fianco. Il Demone Abissale s'arrestò di colpo, all'apparenza allarmato.

– Già pronto alla resa?

Lazard si tirò in piedi e brandì la spada con entrambe le mani.

Il servo di Mobius gli spedì un sorrisetto. – Voi umani finite sempre per... com'è che dite? Ah, "perdervi in un bicchiere d'acqua".

Il Demone Abissale sembrava aver riconosciuto l'innocua forma di Norove per ciò che era e aveva ripreso ad avanzare.

Lazard strinse i denti. – Se hai un maledetto consiglio, preferirei sentirlo prima di diventare un cadavere.

– Pensi solo in termini di distruzione... perché non vincolarlo?

– Forse ti sfugge un piccolo particolare: sono esausto, ma anche se così non fosse avrei bisogno di almeno mezza dozzina di maghi molto potenti anche solo per provarci.

Prima che il Demone potesse ribattere, la comprensione gli giunse di colpo. – Ma certo! – Si voltò a guardare Norove, ma era già scomparso.

Lazard cominciò a inanellare la formula indietreggiando: non avrebbe mai creduto di trovarsi a scommettere la sua stessa vita su un incantesimo così rischioso. Ma era il suo unico asso nella manica: chi avesse vinto quella mano, avrebbe vinto tutto. La creatura continuava ad avanzare inesorabile, mentre il mago riversava fino all'ultima stilla delle sue energie nel sortilegio.

***

Dopo che i misteriosi uomini avevano catturato Luvie, l'avevano portata dritto dallo Ierofante. L'uomo dai capelli ramati, ascoltato il rapporto dei mercenari, aveva pagato loro il resto del compenso e se n'erano andati. Il mago eretico, che si era presentato come Yurien, aveva subito dato disposizioni per la partenza della piccola congrega. Avevano usato il rituale di trasmigrazione che, con alcune ore di preparativi, aveva permesso loro di viaggiare attraverso il Piano Astrale come fosse una scorciatoia. In tal modo avevano attraversato gran parte di Regalia, finendo in un remoto villaggio che Luvie non conosceva. Era la prima volta che la maga utilizzava il Rituale di Trasmigrazione: si trattava di un incantesimo non privo di rischi, poiché c'era la concreta possibilità che chi viaggiava in tal modo rimanesse intrappolato nel Piano Astrale. Inutile dire che si trattava di un tipo di sortilegio che si impiegava molto di rado all'interno della Confederazione Arcana. Secondo l'Anziana, l'unica cosa in grado di mettere una simile fretta allo Ierofante era l'Occhio di Mobius: il suo messaggio al Sommo Incantatore doveva aver rovinato i loro piani.

– Mangia – le intimò Yurien. – Un ostaggio morto è inutile.

Luvie portò le mani legate alla bocca e prese un morso di pane. Per quanto umiliante fosse, era l'unica cosa sensata da fare: conservare le forze, in attesa del momento più opportuno per agire.

I subordinati dello Ierofante mangiavano a loro volta, stretti intorno al fuoco nelle tenebre della notte. La maga guardò il capo dritto negli occhi.

– Toglimi una curiosità, cosa intendete fare una volta tolta di mezzo la Confederazione? L'uomo accavallò le gambe, guardandola come se gli avesse appena posto una domanda idiota.

– Nulla.

Lei continuò a guardarlo, confusa. Yurien rise.

– Cosa credevi, che avremmo fondato anche noi una specie di scuola? – Lo Ierofante si alzò e con due passi raggiunse il fuoco scoppiettante, lasciando che il proprio sguardo vi si perdesse. – La magia va praticata nella più totale libertà, altrimenti perde ogni senso e valore intrinseco. Ma non mi aspetto certo che una ragazzina cresciuta in mezzo alle menzogne di quei vecchi possa capirlo. – Si voltò a guardarla. – La magia è un viaggio interiore, unico per ciascuno, e come tale deve essere per la maggior parte solitario. Porvi dei limiti è la vera follia!

– I limiti esistono per evitare che gente come voi usi il potere in modo improprio – ribatté la maga. L'altro sorrise. – Non ti sei mai chiesta il *vero* motivo per una simile restrizione? Credi davvero che sia per proteggere la povera gente dai maghi cattivi? Sei davvero così ingenua? L'espressione di Luvie s'indurì. – Quale altro motivo dovrebbe esserci? Agite senza regole, uccidete senza remore, proprio come i maghi rinnegati prima del Trattato dello Scettro Chiodato! Mostri come voi non dovrebbero potersi servire della magia.

Yurien scosse la testa, all'apparenza divertito. – Un burattino perfetto e una risposta da manuale, non c'è che dire.

– Allora quale sarebbe la tua risposta, sentiamo! – lo provocò Luvie, sprezzante.

Lo Ierofante incrociò le braccia sul petto. – I nostri metodi potranno anche essere brutali ma è l'unico modo che abbiamo per contrastare la Confederazione, sono loro ad averci costretto a divenire ciò che siamo. Luvie gli spedì un sorriso amaro. – E ti aspetti davvero che ci creda? L'uomo sorrise di rimando. – Non m'interessa se ci credi, sto solo rispondendo alla tua domanda. Avendo studiato con la Confederazione, conosci lo scisma e il motivo che lo provocò... ma ciò che insegnano è solo una parte della verità. Stando a ciò che ho appreso da quando mi sono unito al Credo, la faccenda è molto più complicata.

– Cosa vuoi dire?

Yurien la fulminò con lo sguardo. – Ci fu una lotta di potere nell'organizzazione e per ottenere lo scranno di Sommo Incantatore un aspirante al titolo discreditò il suo rivale con delle menzogne. Questi fu costretto a lasciare la Confederazione Arcana e molti lo seguirono, fondando il Credo. Ciò che non sai, è che la persecuzione cominciò solo anni dopo, quando il nuovo Sommo Incantatore salì al potere: voleva assicurarsi la supremazia assoluta e il controllo delle arti magiche, in modo che nessuno potesse servirsene o studiarle senza il suo consenso. Da allora, la politica dell'organizzazione non è più cambiata, e i maghi indipendenti, braccati senza sosta, furono costretti a unirsi al Credo o alle bande di maghi rinnegati, agendo come briganti. Fu solo dopo il Trattato dello Scettro Chiodato che la Confederazione poté agire alla luce del sole, col benestare del Re. Fu allora che il Credo cominciò a opporsi con sempre maggior violenza alla tua organizzazione, accettando anche maghi rinnegati nei propri ranghi.

Luvie guardava il suo interlocutore concentrata, ma ben presto assunse di nuovo un'espressione diffidente. – Così è questo che raccontate ai nuovi accoliti per ingannarli? Pensi che mi convertirò anch'io? Conosco il Sommo Incantatore, non è un uomo del genere!

Yurien si strinse nelle spalle. – Buffo che tu dica questo, perché è proprio ciò che la Confederazione ha fatto con te e, a giudicare dalla tua ingenuità, hanno compiuto un ottimo lavoro, non c'è che dire. Quanto al fatto che tu dica di conoscere il capo della tua combriccola... non hai idea della misura in cui ti sbagli. – Prima che lei potesse ribattere, concluse: – Non scomodarti a negare, risparmia le forze per camminare invece, domattina arriveremo al Monte Zanok e metteremo fine a questa storia. – Detto ciò, l'uomo raggiunse il suo giaciglio e si dispose a passare la notte.

Un accolito teneva d'occhio Luvie, mentre un altro montava la guardia contro possibili minacce esterne. Non sembrava esserci modo di fuggire. La maga sospirò e si accoccolò, rimuginando sulle parole del suo nemico. Ripensò all'incantesimo proibito che Lazard aveva impiegato a Brask col benestare della Confederazione, che aveva portato all'epurazione dell'intero villaggio, fatta eccezione per il piccolo Salakir.

L'Anziana combatté a lungo i dubbi che l'attanagliavano, prima di scivolare nel sonno. Fu un lieve calcio a svegliarla, e ben presto qualcuno la sollevò senza troppi complimenti. L'alba era vicina, e la maga poteva già intravedere il profilo della montagna mentre si stropicciava gli occhi. Le tenebre che precedevano l'aurora davano l'affascinante quanto illusoria sensazione che la piccola montagna sorgesse dal mare. Un accolito le cacciò in mano un tozzo di pane e si misero subito in marcia. Il gruppo constava di otto membri esclusa Luvie: i sette agli ordini dello Ierofante sembravano essere maghi esperti ma l'Anziana non avrebbe saputo valutare la loro pericolosità senza vederli in azione. Mentre avanzavano, la giovane si rese conto che la pianura si era via via inasprita, lasciando posto a una piana rocciosa. Fu solo alcune ore dopo che raggiunsero un villaggio all'apparenza deserto: il cielo plumbeo sopra di loro rafforzava il senso di abbandono che il luogo trasmetteva. Quando Luvie notò le creature morte, sussultò.

L'espressione di Yurien si fece di pietra. – Tenete gli occhi aperti, la Confederazione potrebbe essere già nel monte a combattere i nostri.

Lo Ierofante guidò il gruppo tra le capanne, il silenzio era opprimente e Luvie provava una sensazione spiacevole, come se qualcosa fosse in agguato, nonostante il luogo apparisse deserto. Quando passò vicino a uno dei corpi, la maga lo osservò con attenzione, scoprendo con orrore che una volta doveva essere stato un uomo.

– Siete stati voi, vero?

– Devono averli usati per coprirsi le spalle e guadagnare tempo. L'uomo si voltò a guardarla. – Vedi fin dove ci ha portato, la tua organizzazione?

Luvie fece una smorfia. – Giustificare una cosa simile addossando la colpa agli altri! Non credevo poteste cadere così in basso.

Yurien ghignò. – E tu come giustifichi le tue azioni, per dormire la notte? Ti dici: "noi siamo i maghi buoni" o: "è tutta colpa del Credo che ci costringe a essere spietati"?

Luvie abbassò lo sguardo. Non sapeva cosa ribattere.

Il gruppo avanzò fino alla lingua di terra che conduceva all'isola, trovandola sommersa dalla marea.

Yurien imprecò.

– E ora? – chiese uno dei maghi. L'espressione dello Ierofante fece venire la pelle d'oca a Luvie.

– Non ci resta che aspettare.

– E se la Confederazione fosse riuscita a prendere l'Occhio? – volle sapere un altro mago, teso.

– Cercheremo di eliminarli prima che capiscano come servirsene – replicò Yurien, risoluto.

Come chiunque altro, l'unica cosa che Luvie sapeva del manufatto era che conteneva un enorme potere ma nessuno aveva idea del suo potenziale, o di come si potesse impiegare in battaglia. Un antico oggetto incantato avvolto nel mistero.

Attesero diverse ore: nulla si muoveva all'infuori della risacca e dei gabbiani. Fu allora che uno dei maghi che Yurien aveva assegnato di guardia al perimetro del villaggio tornò di corsa a fare rapporto.

– La Confederazione è qui.

Lo Ierofante spedì un'occhiata a Luvie. – Il vecchio deve aver mandato rinforzi dopo il tuo messaggio. Sembra che non si curino affatto della tua incolumità... D'altronde, l'Occhio è più importante di una misera maga, dico bene? L'Anziana sostenne il suo sguardo, sebbene le sue parole ferissero in profondità. Era consapevole che il Sommo Incantatore non poteva lasciare il manufatto nelle mani dei loro nemici, tuttavia sapere di essere solo una pedina sacrificabile era una prospettiva che non aveva mai dovuto considerare. Le implicazioni di quella nuova realtà erano gravi e minacciavano di minare la sua fiducia nell'organizzazione alla quale aveva dedicato tutta se stessa.

Ma in fondo, il motivo per cui si era unita alla Confederazione Arcana non era stato altro se non lo stupido desiderio di un'ingenua ragazzina. Voleva trovare un modo per guarire sua madre e aveva fallito, non aveva avuto abbastanza tempo e risorse. Alla sua morte, aveva continuato su quella strada, convincendosi che fosse il suo destino, che fosse portata. Tuttavia, senza avere più una motivazione forte come in precedenza, Luvie aveva finito per abbracciare le convinzioni dell'organizzazione senza mai chiedersi se le condividesse davvero. Ora i suoi compagni erano arrivati... l'avrebbero salvata oppure sarebbe stata solo un altro, inevitabile sacrificio che avrebbe permesso loro di raggiungere i loro fini?

Mentre Luvie rifletteva sulla sua vita e sulla confusione nella quale era persa, Yurien aveva dato ordini precisi ai suoi maghi per prepararsi a ricevere i nemici e i membri del Credo si erano disposti qua e là, alcuni all'interno delle capanne, altri in piena vista.

– State pronti. Se li conosco bene, l'ostaggio ci sarà utile al massimo come diversivo. La posta in gioco è troppo alta.

Lo Ierofante afferrò Luvie per il collo e la spinse davanti a sé, tenendo il bastone con la mano libera. Poco dopo, una dozzina di figure in mantelli da viaggio con bastoni d'oro e d'argento fece la sua comparsa, avanzando con cautela.

Yurien sussurrò all'orecchio della maga: – Sei pronta a scoprire la profondità della corruzione del tuo ordine?

5.

Scelte

Quando i nuovi arrivati furono più vicini, Luvie riconobbe tra loro tre membri del consiglio, due più giovani e uno anziano. Si trovavano a una ragionevole distanza da Yurien, ma in un paio di capanne vicino a loro si nascondevano dei membri del Credo, pronti ad agire.

– Maestro Dunban, mi spiace – disse Luvie.

Prima che il vegliardo potesse risponderle, Yurien s'intromise: – Vi avevamo detto di stare lontani, vecchio... devo dedurne che quest'ostaggio non ha alcun valore per voi?

Luvie avvertì il proprio stomaco serrarsi mentre osservava l'espressione di pietra dei suoi compagni. Anche gli altri due Maestri e i maghi che li accompagnavano non sembravano essere affatto preoccupati per la sua incolumità.

– Mi spiace, Anziana – disse lentamente Dunban rivolto a Luvie – ma l'Occhio è troppo importante per potervi rinunciare.

Uno dei Maestri più giovani avanzò di un passo con un'espressione piena di disappunto.

– Lasciarsi catturare così... sei una vergogna per la Confederazione.

Dunban gli scoccò un'occhiata di fuoco ma non disse nulla.

Luvie si sentì all'improvviso persa come il giorno in cui sua madre era venuta a mancare: sola al mondo e senza nessuno a cui rivolgersi, se non agli dei.

Sembrava che i membri della Confederazione avessero un piano, perché i due Maestri più giovani rivolsero un cenno affermativo a Dunban e questi afferrò il bastone con entrambe le mani, chinando il capo e cominciando a recitare una formula.

In quello stesso momento, Yurien spintonò Luvie, gridò ai suoi di attaccare e cominciò a sua volta a preparare un incantesimo. Luvie rovinò a terra, assorbendo l'impatto con la spalla, poi cominciò a strisciare verso la capanna più vicina, le mani legate dietro la schiena. Una volta all'interno, cominciò a cercare con gli occhi qualcosa che potesse permetterle di tagliare la corda, finché il suo sguardo si posò su un arpione appoggiato alla parete. Nel frattempo, poteva udire il rumore della battaglia all'esterno e le grida dei maghi. Giunta nei pressi dell'arma, usò i piedi per farla cadere, quindi tenne fermo il manico con le natiche e cominciò a sfregare la corda sulla lama, facendo estrema attenzione.

Ci vollero diversi minuti prima che riuscisse nel suo intento e quando fu infine libera le dolevano le braccia e le spalle. Si massaggiò un poco mentre si accostava all'ingresso della spartana capanna per sbirciare all'esterno.

Diversi maghi erano caduti da ambo le parti e sembrava che i due Maestri più giovani stessero proteggendo Dunban e se stessi con un potente scudo, mentre il vecchio continuava a recitare l'incantesimo. Per impiegare tanto tempo, Luvie concluse che dovesse trattarsi di un sortilegio di alto livello. Yurien si ergeva ancora solitario e indomito di fronte alla lingua di terra che conduceva al monte, recitando una formula col bastone levato in una mano, mentre l'altro braccio grondava sangue.

Fu allora che lo Ierofante terminò la sua magia: le rune sul bastone d'ebano s'illuminarono di rosso e a un tratto delle scintille cominciarono a generarsi nell'aria. Un istante dopo, comparvero decine di lance infuocate, che Yurien diresse col bastone verso i superstiti della Confederazione Arcana. Tutti i maghi erano ancora intenti a preparare incantesimi offensivi o difensivi e non ebbero il tempo di evitare l'attacco: le lance li perforarono producendo una combustione interna che li divorò in pochi istanti. Alcuni proiettili infuocati raggiunsero la barriera che proteggeva i Maestri, ma s'infransero senza produrre danni consistenti. L'unico accolito superstite del Credo era moribondo e non sembrava in grado di muoversi: Yurien era l'ultimo rimasto in piedi.

Luvie stava per lanciarsi verso il corpo di un mago vicino per recuperarne il bastone ma esitò: valeva davvero la pena rischiare la vita per qualcuno che non aveva mosso un dito per salvarla? Certo, aveva lasciato che la catturassero ma era un motivo sufficiente per disprezzarla e trattarla come un vecchio strumento ormai divenuto inutile? Serrò la mascella e continuò a osservare lo scontro. Il cielo si era scurito e un rombo echeggiò distante, quando Dunban gridò e levò in alto lo scettro d'oro con entrambe le mani, gli occhi spiritati. Le acque alle spalle di Yurien cominciarono a ribollire e si generò un gorgo. Lo Ierofante si voltò a fronteggiare la nuova minaccia, mentre Luvie poteva vedere le sue labbra continuare a muoversi: la sorpresa non gli impediva di continuare a concentrarsi sul suo incantesimo. Luvie non poté far a meno di ammirarlo, nonostante tutto. Le acque si sollevarono in grandi spruzzi, finché la maga la vide. Una creatura serpentiforme di colore azzurrino e dalle screziature verdastre sorse dal mare, emettendo un acuto richiamo che la spinse a tapparsi le orecchie. La maga lo riconobbe come un abitante del Piano Astrale: Dunban si era servito senza alcuna remora di un'Arte Proibita. Luvie ripensò alle parole di Yurien mentre osservava la scena, domandandosi quanto sottile fosse in realtà la linea di demarcazione che separava il Credo dalla Confederazione. Come si poteva decidere quando era lecito usare un incantesimo del genere e quando non lo era?

La creatura magica si contorse e puntò i grandi occhi neri e privi di pupille sullo Ierofante, poi aprì la bocca ed espulse senza alcun preavviso un getto d'acqua pressurizzata. Il mago balzò su un lato e la creatura continuò a bersagliarlo senza sosta. A un tratto, Yurien terminò l'incantesimo ma invece che dirigerlo sull'essere, si voltò e puntò il catalizzatore verso i tre maghi. La comprensione colpì Luvie all'istante: la morte dell'evocatore recideva anche il contratto da lui stipulato e la bestia sarebbe dovuta tornare nel Piano Astrale.

Già certi della loro vittoria, i due Maestri avevano abbassato la guardia e con essa lo scudo magico, e quando si resero conto dell'attacco imminente non poterono contrattaccare con tempestività. Dei piloni di pietra affilati cominciarono a sbucare dal terreno sotto i maghi della Confederazione: la prima manciata li colpì solo di striscio graffiandoli ma poco dopo uno di essi perforò uno dei Maestri più giovani, spuntando da terra in diagonale e trapassandolo da parte a parte. Nel frattempo, il serpente magico aveva compiuto un balzo in aria e stava per schiantare la propria pinna caudale su Yurien. Un altro pilone di pietra colpì Dunban, impalandolo accanto al suo compagno, mentre il terzo Maestro balzava a casaccio da una parte all'altra, nel disperato tentativo di evitare l'assalto. Lo Ierofante si voltò appena in tempo per vedere la coda della creatura calare su di lui con forza sovrumana. In un battito di ciglia, l'essere scomparve davanti agli occhi di Luvie come non fosse mai esistito, lasciando al suolo solo il corpo immobile del mago del Credo. Anche i pilastri avevano interrotto il loro assalto e l'ultimo superstite osservò la desolazione attorno a sé col fiato corto e gli occhi sbarrati, stringendo il proprio bastone quasi con disperazione.

Luvie uscì dal proprio nascondiglio e si diresse verso di lui, afferrando lungo il percorso lo scettro di un mago caduto. I piloni affilati erano scomparsi e i corpi di Dunban e del mago che aveva denigrato Luvie giacevano a terra in un lago di sangue.

– Maestro Gegan – lo chiamò la giovane avvicinandosi.

Quando l'uomo la vide le rivolse un'espressione grave, prima di scuotere la testa. – Mi chiedo se sia valsa davvero la pena perdere tanti compagni per quel manufatto.

Luvie si guardò intorno per lunghi istanti ma invece di rispondere ricordò gli uomini pesce morti, e chiese: – C'è già un'altra squadra dei nostri all'interno?

Gegan la guardò sorpreso. – No, eravamo solo noi. Perché quest'idea?

L'Anziana spiegò in breve che qualcuno era arrivato prima di loro e che lo Ierofante sospettava fossero membri della Confederazione. Gegan si passò una mano nella leggera barba rossiccia.

– Deve trattarsi di qualcun altro, teniamoci pronti, non è ancora finita. Tu come stai?

Luvie scosse la testa. – Io sto bene. – Non sapeva davvero cos'altro dire, dopo tutto ciò che era accaduto. Provava sentimenti contrastanti: si sentiva tradita dai suoi compagni ma allo stesso tempo era sollevata dalla presenza del Maestro Gegan al suo fianco.

Il suo sguardo si posò prima sul vecchio Dunban, poi su Yurien, di cui riusciva a vedere solo la schiena.

La voce di Gegan attirò l'attenzione della maga: – Si avvicina qualcosa.

Il cielo, rimasto silenzioso fino a quel momento, riprese a tuonare mentre le prime gocce di pioggia iniziavano a cadere. Una figura stava percorrendo la lingua di terra sommersa ma Luvie non era ancora in grado di distinguerla bene da quella distanza, nella luce opaca di quella giornata uggiosa.

Quando la sagoma fu abbastanza vicina, il cuore di Luvie perse un battito. Un Demone Abissale procedeva con l'acqua che gli arrivava al petto, dritto verso di loro. Sulla sua spalla era appollaiato un mago che conosceva bene. Nonostante la sorpresa, la maga sorrise, pronta a corrergli incontro ma una mano forte la trattenne. L'Anziana si voltò verso Gegan, che le intimò di aspettare. Lei lo guardò confusa.

– Lazard è scomparso senza fare rapporto e ora esce dal Monte Zanok, forse in possesso dell'Occhio di Mobius. Bisogna che chiarisca le sue azioni.

Quelle parole gettarono la mente di Luvie nel caos. Cosa poteva spingere un membro del consiglio responsabile e abile come Lazard a tenere i propri superiori all'oscuro delle sue azioni? La maga deglutì mentre la creatura si avvicinava. Quando l'essere si arrampicò fuori dall'acqua, si arrestò non lontano dal corpo di Yurien. Non c'era dubbio, il mago sulla spalla del mostro era proprio Lazard, nonostante l'aspetto esausto e il bendaggio che gli copriva un occhio.

– Maestro Lazard – esordì Gegan, – ti chiedo di giustificare le tue azioni in nome del consiglio.

Per lunghi istanti, il suono della risacca e il ticchettare della pioggia furono gli unici suoni ad animare la scena, mentre lo sguardo gelido di Lazard si spostava da Gegan a Luvie e poi di nuovo al Maestro.

– Non ho nulla da dire, se non che l'Occhio appartiene a Mobius ed è mia intenzione restituirlo al suo legittimo proprietario.

Luvie stentava a credere alle sue orecchie e non poté più tacere. – Si può sapere che ti è successo? Sei forse impazzito?

Lazard distolse lo sguardo ma non rispose.

– Allora non mi resta che sottrarti il manufatto con la forza – disse Gegan preparandosi allo scontro.

Lazard assunse un'espressione complicata: era pietà quella che Luvie vedeva nei suoi occhi o senso di colpa?

Quello sguardo si posò su di lei quando il mago parlò: – Luvie, stanne fuori, non voglio dover uccidere anche te.

La maga esitò, lanciando un'occhiata a Gegan che stava preparando un incantesimo, per poi tornare a guardare Lazard. Dentro di lei, due forze contrapposte erano impegnate in una silente battaglia: una voce le urlava di combattere contro il suo vecchio compagno ormai impazzito, l'altra le sussurrava che forse c'era un motivo valido che giustificava le sue azioni. E poi c'era il Demone Abissale. Avrebbero davvero potuto eliminarlo?

Lazard intanto aveva pronunciato un breve incantesimo mentre puntava la spada contro Gegan. L'essere al suo comando incominciò a incedere verso il mago della Confederazione mentre dalla punta della lama scaturirono delle palle di fuoco che si avventarono sul Maestro.

Luvie non riusciva a muoversi: stringeva il bastone, impotente, osservando lo scontro. Tuttavia, non durò abbastanza da meritare tale nome: mentre Gegan evitava la basilare magia di Lazard e preparava il suo incantesimo, il Demone Abissale riuscì ad avvicinarsi quanto bastava e con una mossa improvvisa allungò il braccio e lo ghermì, avvicinando il volto dell'uomo al suo.

– Lazard, fermati! Avrai tutta la Confederazione Arcana contro! E che ne sarà del tuo protetto? L'espressione di Lazard si era tramutata in una maschera di pietra.

– Un peso in più su una coscienza già così pesante non potrà fare una gran differenza.

Il Demone Abissale risucchiò la vita dalla sua vittima e lasciò cadere il corpo a terra, mentre la pioggerella diveniva un rovescio e i tuoni cominciavano a farsi più frequenti.

Luvie si avvicinò all'essere col cuore che le martellava nel petto, scossa dai brividi e zuppa d'acqua.

– Che ti è successo, Lazard?

***

Il mago rimase in silenzio a lungo, lasciando che la pioggia gli scivolasse addosso, come se ciò potesse in qualche modo mondare la sua coscienza. Come avrebbe potuto sperare di spiegare a Luvie ciò che neppure lui ancora capiva appieno?

Disse invece: – Devo chiederti un ultimo favore... prenditi cura di Salakir. Quando crescerà, puoi anche dirgli che fu un mago cattivo travestito da mago buono a uccidere i suoi genitori e se vorrà vendetta, io lo aspetterò.

Lazard ordinò alla creatura di incamminarsi ma Luvie gli si parò davanti, con le braccia tese. – Non andrai da nessuna parte finché non mi avrai spiegato quello che è successo.

Lazard le rivolse un sorrisetto. – Puoi raccontare ciò che vuoi al consiglio, se è questo che ti preoccupa.

Lei agì d'istinto e lanciò per terra il bastone: il giovane non l'aveva mai vista così furiosa.

– Me ne frego del rapporto! Voglio capire le tue motivazioni, chiedo forse troppo?

Lazard pensò di sì ma non lo disse. Era troppo esausto per discutere, così cedette. Scese dal Demone Abissale e gli ordinò di montare la guardia, poi rivolse un cenno alla maga e la precedette nella capanna più vicina. La mobilia era ridotta all'osso, così optarono per sedere sul pagliericcio, entrambi zuppi d'acqua. Non erano mai stati così vicini e la maga dovette notare gli effetti della sua ultima magia sul suo corpo, oltre all'occhio bendato, perché una profonda pena si disegnò sul suo volto. Gli prese il viso tra le mani.

– Dei... che ti è successo?

Lazard emise una risata secca. – Sembra che adesso sia io a essere il più vecchio, buffo eh?

Prima che lei potesse dire altro, cominciò il suo racconto. Si interruppe spesso, a volte per riordinare le idee o per dare un senso alle proprie emozioni e spiegare in un modo vagamente razionale le sue scelte. Si sentiva un po' come se non avesse fatto altro che correre da quando era nato e solo in quel momento si fosse fermato a riprendere fiato e a fare il punto della situazione. Quando arrivò al momento decisivo dello scontro col Demone Abissale, l'inevitabile domanda di Luvie fu: – Come sei riuscito a vincolarlo da solo?

Lazard le spedì un sorriso triste, passandosi la mano sulle nuove rughe comparse sul proprio viso. Poi girò la testa e le mostrò una ciocca di capelli bianchi come la neve che lei non sembrava aver notato.

– Una magia di alto livello tra le Arti Proibite: permette di lanciare incantesimi per i quali si necessita di enormi riserve di energia magica e più persone, come ad esempio un sortilegio di vincolo per creature molto potenti. In cambio, credo di aver accorciato la mia vita di una decina d'anni.

Luvie lo osservava senza parole.

Lui era certo che quelle rivelazioni fossero piuttosto dure da digerire, tutte insieme. Soprattutto la sua decisione di lasciare la Confederazione Arcana. Tuttavia riusciva a leggerle negli occhi la comprensione. Fu per quel motivo che chiese: – Neppure tu sei più certa delle loro azioni, dico bene?

Luvie distolse lo sguardo ma il suo silenzio fu più eloquente di mille parole. Fu solo dopo una lunga pausa che confidò a sua volta i dubbi che non l'avevano mai abbandonata sin dalla missione a Brask, e le parole di Yurien.

Lazard non era sorpreso: aveva avvertito che qualcosa era cambiato in lei dopo la loro prima missione insieme. Pensò che forse anche per Luvie la cosa migliore fosse lasciare la Confederazione Arcana. L'afferrò per la spalla, costringendola a guardarlo nell'occhio superstite.

– Torna all'accademia, racconta loro del mio tradimento e porta Salakir via con te. Questa è la mia unica, egoistica richiesta.

– Allora perché non vieni con noi?

Lazard la penetrò con lo sguardo. – Sai cosa gli ho fatto... sai che non posso. E poi mi è rimasta ancora una strada da percorrere, nel mondo della magia.

Luvie si tese.

– Mobius?

Il mago annuì. – Studierò col vecchio.

– Ne sei davvero sicuro?

Lazard annuì una seconda volta.

L'Anziana si alzò. – Se disertassi con Salakir, diventeremmo anche noi obiettivi della Confederazione, te ne rendi conto?

Lui sorrise. – Penso che per un po' avranno altro a cui pensare, il che vi darà il tempo di far perdere le vostre tracce. – Lazard si alzò a sua volta a fronteggiarla, pronto all'affondo finale. – E poi, te la sentiresti davvero di restare all'accademia, dopo tutto quello che è successo? – Non ricevendo risposta, Lazard aggiunse: – Chiediti cosa desideri davvero, Luvie.

– E tu – domandò lei, – cosa vuoi davvero?

Il mago assunse un'espressione risoluta. – Perseguire la pura conoscenza, priva di ogni preconcetto o falso ideale. Non dover più distruggere vite innocenti per ordine di qualcuno.

Lei lo osservò per lunghi momenti, come se stesse valutando quell'affermazione, quando Lazard sorrise. – Forse avrei dovuto dirtelo prima, ma sei bella, anche se un po' imbranata.

Un lieve rossore si diffuse sul volto di lei, in contrasto col pallore provocato dall'acqua che l'aveva inzuppata.

– Cretino.

Il mago si voltò e si diresse verso l'uscita, pronto a voltare le spalle a tutto ciò che aveva conosciuto per addentrarsi nelle profondità di un mondo occulto e misterioso, del quale fino ad allora aveva conosciuto solo l'anticamera. La maga lo chiamò e lui si fermò, senza voltarsi. A giudicare dalla voce piena di emozione, forse stava piangendo: Lazard non lo avrebbe saputo mai.

– Ci rivedremo?– Chissà.

Con quell'ultimo, ambiguo commiato, l'ex Maestro della Confederazione Arcana scomparve oltre la soglia, inoltrandosi sotto la pioggia battente.

***

Quando il pescatore lasciò Lazard a breve distanza dalla riva, apparve sollevato: non era stato facile convincerlo a portarlo sull'isola di Dernos, specie vista l'inquietante creatura al suo seguito. Il peschereccio prese ad allontanarsi sotto un cielo gravido di pioggia, mentre il Demone Abissale avanzava nelle acque verso la spiaggia. Fu allora che, dopo giorni dalla sua ultima apparizione al Monte Zanok, Norove fece la sua comparsa sulla costa sabbiosa. Rivolse al mago un piccolo inchino, per poi voltarsi e sparire dopo aver compiuto un passo in direzione del bosco.

Lazard si rigirò tra le dita l'Occhio di Mobius che portava al collo: si trattava di una piccola sfera trasparente poco più grande di un bulbo oculare, al cui interno pulsava qualcosa che appariva a tratti come un'ombra scura, altre volte come un lume, altre ancora come una pupilla arcobaleno. Il mago poteva percepirne tutto l'incommensurabile potere e, sebbene il manufatto fosse di certo attivo, c'era una sorta di schermo che gli impediva di interagirvi in modo diretto. Un oggetto misterioso quanto il suo proprietario.

Quando Lazard si rese conto di aver raggiunto la spiaggia in spalla al Demone, levò lo sguardo sulle scure e minacciose fronde degli alberi che si facevano più vicine: era il momento di avere delle risposte.

La macchia era silenziosa come alla sua prima visita e, nell'attraversarla, il mago provò la spiacevole sensazione di essere una creatura di carne che viaggiava in un'illusione o nel ricordo di un luogo appartenente a qualcuno. Quando infine giunse in vista della capanna, ordinò alla creatura di arrestarsi e balzò giù. Il vegliardo lo attendeva con aria compiaciuta a breve distanza dalla soglia, con la forma fisica di Norove al fianco.

– Hai visto, Norove?

Le labbra del maggiordomo s'incresparono in un mezzo sorriso. – Sì, devo ammettere di averlo sottovalutato un poco.

Mobius protese la mano verso Lazard in una chiara richiesta del manufatto, ma Lazard scosse la testa.

– Prima esigo delle risposte.

Il vecchio rise. – Ma certo... in caso contrario saresti un perfetto idiota.

Sul volto del mago più giovane comparve un sorriso amaro. – Finiamola con la pagliacciata... a cosa serviva davvero il rituale che mi ha privato dell'occhio?

Il vecchio si fece serio di colpo. – Era necessario per riattivare il manufatto, ed è un rituale che solo io conosco.

L'occhio di Lazard si strinse. – Per questo non avevi paura che qualcuno se ne impossessasse.

L'eremita annuì. – Nessuno avrebbe comunque potuto servirsene, ma avevo bisogno di qualcuno esperto in grado di recuperarlo.

– E i Demoni Abissali?

Il vegliardo fece un gesto vago con la mano. – Una semplice misura di sicurezza, li avevo legati alla magia presente nell'Occhio, in modo che si svegliassero assieme al potere del manufatto.

Lazard serrò i pugni. – Tutto secondo i piani, quindi? Mi hai soltanto usato. C'era qualcosa di vero in tutto quello che mi hai raccontato?

Il vecchio gli rivolse un sorriso genuino che stonava assai sia con la sua figura che con la sua personalità, spiazzando il giovane.

– Oh sì, tre verità importanti. La prima, che temevo davvero di rientrare in possesso dell'Occhio, perché il momento in cui lascerò questo mondo è sempre più vicino. La seconda è che ho davvero cinquecentocinquant'anni e conosco il mondo prima dell'avvento della Confederazione Arcana. E la terza è che voglio davvero che tu prenda il mio posto in questo mondo.

Lazard rifletté per lunghi istanti, prima di chiedere:
– Perché l'inganno, allora?
Mobius rise. – Non giocare a fare l'ingenuo, ragazzo!
Sai benissimo che non avresti mai accettato: eri ancora
succube della tua Confederazione. C'era bisogno che
il dubbio maturasse per poter accettare le mie parole,
dovevi intraprendere da solo il percorso. Ricorda: non
si può insegnare la verità, ma soltanto il metodo per
raggiungerla da sé.
Quelle parole colpirono Lazard. Dopo una lunga pausa in cui rifletté sulle sue scelte passate e sugli inse-
gnamenti della Confederazione, sorrise ancora intento
a fissare il terreno ai suoi piedi. Poi levò lo sguardo e
ordinò al Demone Abissale di attaccare.
Il vecchio non sembrava affatto sorpreso e non mosse
un dito. La creatura cominciò a tessere un incantesimo
ma Norove si mosse fulmineo. Compì dei misteriosi
gesti sussurrando poche parole per poi tornare alla sua
posizione neutra con le mani dietro la schiena. Una den-
sa porta di oscurità si era aperta alle spalle del Demone
Abissale e in pochi istanti lo risucchiò al suo interno.
L'essere era sparito senza lasciare alcuna traccia, come
non fosse mai esistito. Il vegliardo rivolse a Lazard un
ghigno molto più in linea con il suo carattere.
– Piaciuto lo spettacolo? Ora la tua curiosità è sod-
disfatta?
Lazard scoppiò a ridere di cuore come non gli suc-
cedeva da anni. Da prima della morte di suo padre.
Quel vecchio sembrava sapere sempre cosa gli frullava
per la testa ed era sempre un passo avanti a lui. Una
sensazione tutt'altro che spiacevole, ora. Mobius gli
voltò le spalle e si diresse verso l'uscio della capanna.

– Norove, preparaci del tè, se non ti spiace.

Il Demone accennò un inchino e lo seguì all'interno. Lazard fece altrettanto, ansioso di cominciare un nuovo cammino nel mondo della magia.

***

Una volta tornata all'accademia, Luvie non aveva potuto utilizzare il Rituale della Trasmigrazione per fuggire con Salakir, poiché necessitava di preparativi anche nel luogo di destinazione e non conosceva nessuno che l'avrebbe aiutata in quel senso. Lasciare la Confederazione in maniera ufficiale non le avrebbe permesso di portare con sé Salakir, inoltre l'avrebbero tenuta d'occhio per il resto della sua vita, il che non era molto meglio della fuga. Così, era stata costretta a chiedere aiuto all'unica persona di cui sentiva di potersi fidare: Skandir. Il vecchio soldato che era stato con loro a Brask ed era poi divenuto capo delle guardie dell'accademia centrale. Luvie aveva esitato molto perché non voleva metterlo nei guai ma a qualche giorno dal suo ritorno, dopo aver ripetuto più volte il suo rapporto ai superiori, si era resa conto che non c'era altra via.

Skandir si era rivelato comprensivo e aveva fatto in modo di farle trovare un cavallo sellato alle scuderie, mettendo di guardia all'ingresso uno dei suoi, noto per addormentarsi spesso e battere la fiacca. Usando poi un pizzico di magia, Luvie era riuscita a lasciare l'accademia nel cuore della notte senza che nessuno sospettasse nulla. Aveva preso con sé un Salakir addormentato ed era fuggita senza guardarsi mai alle spalle. Non aveva detto nulla al bambino: avrebbe reso solo il suo compito più difficile. Quando si era svegliato aveva protestato e battuto i piedi ma si era zittito quando la maga aveva detto che era un ordine di Lazard, e che l'aveva incaricata di prendersi cura di lui. Quando Salakir aveva chiesto però di vederlo e Luvie aveva dovuto negarglielo, aveva ripreso a fare i capricci.

Non era stato facile far capire a un bambino della sua età la gravità della situazione ma alla fine il piccolo sembrava essersi arreso: i ragazzini erano tanto volubili quanto capaci di adattarsi in fretta ai cambiamenti.

Ora, Luvie osservava il piccolo dormire accanto al fuoco, domandandosi se dovesse davvero insegnargli la magia o se fosse meglio opporre un netto rifiuto. Entrambe erano a suo avviso scelte infelici e avrebbero avuto delle conseguenze. Le faceva male vedere il viso beato di Salakir dormire, mentre rifletteva su ciò che aveva subito e ciò che ancora lo attendeva in futuro. Ripensò alla domanda di Lazard alla quale aveva evitato di rispondere ponendola invece a lui. Il mago aveva una risposta e per quanto potesse essere egoistica e opinabile, era pur sempre una risposta. Lei, invece, cosa voleva davvero? Aveva creduto di aver trovato la sua dimensione nella Confederazione ma la verità era che si sentiva una persona vuota: un tempo voleva salvare sua madre dalla malattia, ma dopo si era limitata a proseguire lungo il cammino che si trovava dinanzi. Non sapeva davvero cosa fare della sua esistenza.

Accampata ad alcuni giorni dall'accademia, nella radura di un boschetto di conifere, passò parte di quella notte a riflettere sulla sua vita, senza approdare a nulla. Finché posò di nuovo lo sguardo sull'orfano addormentato e la voce di Lazard le risuonò di nuovo nelle orecchie come se fosse lì con lei: *Torna all'accademia, racconta loro del mio tradimento e porta Salakir via con te. Questa è la mia unica, egoistica richiesta.*

Forse era davvero così semplice, dopotutto. Forse la risposta che l'aveva elusa fino a quel momento era proprio lì, davanti ai suoi occhi. Occuparsi di qualcuno era una responsabilità enorme ma era sufficiente a riempire il vuoto che aveva dentro? Non lo sapeva, forse lo avrebbe scoperto col tempo.

Salakir aveva cominciato ad agitarsi un po' nel sonno e Luvie si sdraiò accanto a lui, prendendolo tra le braccia. Lazard aveva detto la verità: il suo tradimento, la morte di alcuni Maestri e la perdita dell'Occhio avevano gettato la Confederazione Arcana nel caos, e Luvie sospettava che anche il Credo fosse nella stessa situazione. Per un po' non avrebbero avuto tempo di preoccuparsi di lei e del bambino... ma cosa sarebbe successo in futuro? Avrebbero cercato lei e Lazard? E cosa avrebbe fatto il Credo? Mille domande le affollavano la mente che a poco a poco s'intorpidiva finché Luvie, esausta, s'addormentò. Quando si svegliò, avvertì subito che c'era qualcosa che non andava. Salakir dormiva, la luce del giorno cominciava a schiarire la radura, mentre il boschetto era ancora immerso nelle tenebre. Fu allora che lo vide e rimase paralizzata.

Un uomo sedeva su un tronco caduto non lontano dal loro fuoco, di cui rimanevano solo le braci. Il suo bastone di vile acciaio era poggiato accanto a lui ma non sembrava intenzionato a usarlo. Non ancora, almeno. Li osservava con aria meditabonda, col mento poggiato sulle mani: il volto privo di barba ma maturo e gli occhi scuri e limpidi davano l'impressione di qualcuno che sa il fatto suo. Lo sconosciuto le rivolse un sorriso. – Non temere, non ho cattive intenzioni.

– Chi sei – chiese Luvie – e cosa vuoi?

Il sorriso dell'uomo non s'incrinò e, invece di rispondere, disse: – Hai disertato la Confederazione Arcana.

Luvie agì d'istinto e con una ferocia che forse, se non avesse avuto Salakir con sé, non avrebbe dimostrato, tanto da stupire se stessa. Lasciò il bambino, rotolando fino al bastone, lo afferrò e si preparò a combattere nonostante la posizione di svantaggio. L'uomo misterioso levò le mani in gesto di resa, continuando a sorridere, ma non disse nulla, il che cominciò a renderlo inquietante agli occhi della maga.

– Non sei un membro dell'accademia, sembri diverso, ma non sei nemmeno con il Credo... si può sapere chi sei?

Finalmente lo sconosciuto tornò serio. – Sono a capo di un gruppo di maghi rinnegati ma non farti un'idea sbagliata.

Luvie emise una risata sarcastica. – Lungi da me!

Lo sconosciuto scosse la testa. – Non siamo predoni, ma maghi mercenari.

Luvie rimase interdetta: ne aveva sentito parlare però non aveva mai dedicato loro più che qualche pensiero distratto.

Si trattava di maghi indipendenti che avevano formato gruppi simili a mercenari soldati: spesso lavoravano con questi ultimi, in altri casi da soli. Perlopiù proteggevano merci di ricchi mercanti che temevano molto più il brigantaggio da parte di incantatori che di ladri comuni. Oppure difendevano personaggi importanti durante i loro viaggi: i loro servigi erano piuttosto variegati. Inutile dire che la Confederazione non li vedeva affatto di buon occhio, tuttavia non solo operavano col consenso del Re ma i gruppi più noti erano spesso al servizio della nobiltà. Di conseguenza, la Confederazione Arcana non poteva immischiarsi più di tanto nei loro affari senza scontrarsi con il sovrano.

– Cosa vuoi da noi? – domandò Luvie, senza allentare la presa sul suo nuovo bastone.

– Il nostro è un gruppo piccolo, perciò stiamo cercando membri per espanderci. Eravamo nei paraggi e ti abbiamo vista allontanarti da sola, in fretta e furia, dall'accademia centrale. È qualche giorno che ti osserviamo e alla fine ho deciso di presentarmi. Mi chiamo Lugal.

Luvie scoccò delle occhiate nervose intorno a sé, ma il bosco sembrava deserto. Non poteva percepire neppure della magia in atto.

Lugal rise. – Rilassati, gli altri sono al campo. L'attenzione di Luvie tornò a focalizzarsi sullo sconosciuto. – Cosa ti fa credere che stia scappando? L'uomo le scoccò all'improvviso un'occhiata assai seria. – C'è davvero bisogno di chiederlo? Basta guardarvi. Come vi chiamate?

– Io sono Luvie e questo è Salakir.

– Il tuo fratellino?

Luvie scosse la testa.

Lugal si sporse in avanti. – Non importa. Ascolta, Luvie: sai benissimo che genere di vita ti aspetta se diserti la Confederazione. Puoi scegliere di vivere in fuga da sola col bambino, e non credo durereste molto, oppure unirti al Credo, scelta altrettanto infelice. Ma noi possiamo proteggervi da entrambi.

– E perché dovrei crederti?

– Perché avremmo potuto catturarvi da un pezzo e non lo abbiamo fatto. Ti chiedo solo di venire al nostro campo a vedere tu stessa con i tuoi occhi, parlare con i miei compagni.

Luvie esitò. Sembrava troppo facile e la vita le aveva insegnato che quando qualcosa è troppo bello per essere vero, c'è sempre qualcosa sotto.

– Ci sono anche maghe come te, con noi. Una di loro ha un figlio, suo marito era un mercenario morto sul lavoro, ha dovuto disertare la Confederazione per occuparsi di suo figlio perché non aveva nessun altro quando l'abbiamo trovata e accolta.

Anche se sapeva che era una domanda stupida, Luvie non riuscì a impedirsi di porla: – Dici la verità? L'uomo si alzò e prese il bastone, al che la maga s'irrigidì, ma questi la sorprese, lanciandolo ai suoi piedi.

– Puoi tenerlo tu mentre faccio strada. Se non vuoi venire, nessuno ti obbligherà. Allora, che ne dici?

Luvie osservò a lungo il bastone e altrettanto a lungo fissò Lugal negli occhi, alla ricerca di qualsiasi traccia di menzogna o malignità, ma non ne trovò. Ciò non significava che potesse fidarsi, perché poteva sbagliarsi, ma aveva detto la verità: come predetto da Lazard, ora la Confederazione era troppo occupata per pensare a due semplici disertori... ma in futuro? Se quell'uomo era sincero, allora le stava offrendo una grande opportunità. A lei e a Salakir.

Fu allora che, pur piena di dubbi e restia a concedere la sua fiducia, Luvie raggiunse il bambino e lo svegliò con delicatezza, avvisandolo che dovevano andare.

– Dove? – chiese lui, ancora assonnato.

– A conoscere delle persone – gli sussurrò con dolcezza all'orecchio.

Mentre seguiva a cavallo l'uomo di nome Lugal, la maga pensò a come Lazard aveva definito la sua scelta: un nuovo cammino. Era un'immagine che le piaceva, tutto sommato.

Con questi pensieri che le ronzavano in testa, si apprestò a compiere il primo passo su quel nuovo percorso che si stagliava dinanzi a lei e al piccolo Salakir.

CARLO CRESCITELLI (a cura di), *TECNOINGANNI. Storie brevi da un problematico futuro*, Il Terebinto Edizioni, Avellino, 2019, pp. 122, € 12,00

Tutti i racconti di questa antologia sono collegati da un filo rosso di finzioni, illusioni, dissimulazioni. Di inganni, naturalmente, tecnologici: tecnoinganni, quindi.
Proprio come quelli indotti da cuccioli truccati, bombe nucleari artigianali, guerre pulite, ping-pong di viaggi nel tempo, coraggiosi uomini insetto, apocalissi dissimulate, avventure da cartone animato tra confini dell'universo e pianura padana, gatti nascostamente telepatici.

FRANCESCO AMORUSO, *HOW I MET YOUR MOTHER. La narrazione al tempo delle serie tv*, il Terebinto Edizioni, 2019, pp. 172, € 12,00

How I Met Your Mother è senza dubbio una delle sitcom più amate di sempre. In questo volume, analizzando i motivi del successo della serie tv creata da Craig Thomas e Carter Bays, l'autore ripercorre la storia del protagonista, Ted, e dei suoi amici, mettendo in luce aspetti poco noti della trasmissione e nuove letture della trama.
Quella di Francesco Amoruso non è solo un'analisi delle tecniche narrative utilizzate dagli autori di *How I Met Your Mother* al fine di tenere incollato il pubblico per ben nove stagioni, ma anche un'indagine comparativa attraverso gli archetipi fondamentali del racconto e il suo processo di mediamorfizzazione.
A dimostrazione che il Narratore benjaminiano ha semplicemente cambiato forma, non anima.

Dario Rivarossa (a cura di), *L'altro fantasy. Senza spade nè draghi*, Il Terebinto Edizioni, Avellino, 2019, pp. 102, € 12,00

Scaturita dal concorso "Riscontri letterari", la raccolta L'altro fantasy – nonostante l'attuale dilagare del genere fantasy in letteratura, illustrazione, cinema, televisione, videogiochi – è molto lontana ai luoghi comuni fatti di fate, maghi, elfi, orchi, draghi e quant'altro. Infatti, il tono generale dei racconti presenti nell'antologia rimane quasi sempre quello tra l'onirico e il surreale
Consciamente o inconsciamente sembra aver influito colui che in Italia è stato il maestro del soprannaturale, Dino Buzzati. La piccola, strana magia nascosta dietro l'angolo di casa, spesso con un velo malinconico, anche se non mancano elementi umoristici e di satira sociale. In contrapposizione a un'estetica fantasy (e fantascientifica) sempre più imbottita di effetti speciali perfetti e roboanti, qui domina il silenzio. Un silenzio tra il poetico e l'inquietante, tutto da leggere tra le righe.

www.ingramcontent.com/pod-product-compliance
Lightning Source LLC
Chambersburg PA
CBHW030348180626
46812CB00007B/2803